왓섭! 공포라디오

왓섭! 공포라디오

초판 1쇄 발행 | 2022년 7월 29일
초판 2쇄 발행 | 2022년 8월 5일

엮은이 | 왓섭!
펴낸이 | 박영욱
펴낸곳 | 북오션

경영지원 | 서정희
편   집 | 고은경·조진주
마 케 팅 | 최석진
디 자 인 | 민영선·임진형
SNS마케팅 | 박현빈·박가빈

주   소 | 서울시 마포구 월드컵로 14길 62 북오션빌딩
이메일 | bookocean@naver.com
네이버포스트 | post.naver.com/bookocean
페이스북 | facebook.com/bookocean.book
인스타그램 | instagram.com/bookocean777
전   화 | 편집문의: 02-325-9172   영업문의: 02-322-6709
팩   스 | 02-3143-3964

출판신고번호 | 제 2007-000197호

ISBN 978-89-6799-692-5 (03810)

왓섭!
공포라디오

왓섭! 엮음

Bookocean

차례

((**1부**))

집으로 가는 내내 나는 두 손 모아
엄마를 구해달라고 간절하게 기도했다
그런데 심장은 반대말을 하고 있었다
그렇게 외쳐대는 심장이 정말 미웠다

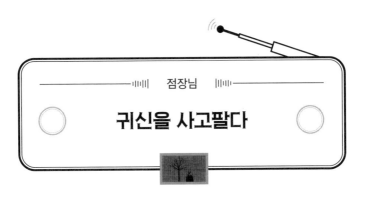

점장님

귀신을 사고팔다

내가 대학교 1학년 때 일이었다. 종강 후에 할 일도 없고 곧 군대도 가야 하던 나는 하루하루를 피시방이나 술자리로 보냈다. 입대를 한 달 남기고 친구와 피시방에서 밤새도록 게임에 몰두하던 나는, 새벽 5시쯤이 되어서야 집으로 돌아가기 위해 친구와 함께 자리에서 일어났다. 터덜터덜 피시방에서 빠져나와 쓰레기봉투가 가득 쌓인 골목을 지날 때, 웬 할머니 한 분이 우리를 불러 세웠다.

할머니는 표정도 없었고 뭐라고 할까, 조금 서늘하다고 해야 하나 생기가 없다고 해야 하나? 누가 봐도 초췌해 보이는 할머니였다. 할머니는 우리 둘 중에 나를 지목하더니 주머니에서 지갑을 꺼내서 사진 한 장과 5만 원짜리 지폐를 보여주며 말했다.

"학생, 5만 원 줄 테니까 이 사진 가져갈래?"

커다란 나무 한 그루와 하얀 저고리에 검은 치마를 입은 5~7살쯤 되어 보이는 아이가 찍혀 있는 흑백사진이었다. 너무 수상하고 기분 나쁜 느낌이 들어서 나는 정중하게 거절하고 집으로 향하려고 했다. 그런데 주한이라는 친구가 그 사진을 받겠다는 것이 아닌가? 나는 주한이에게 너무 기분이 이상하다며 받지 말라고 했지만 주한이는 미신 같은 건 안 믿는다며, 오히려 피시방비와 국밥값을 벌었다고 좋아했다. 사진을 받은 주한이는 지갑 속에 지폐와 사진을 함께 욱여넣고 땡잡았다며 웃음을 띠고 걸어갔다. 어느 정도 할머니와 멀어졌다고 생각해서 잠깐 뒤를 돌아봤는데 그 할머니는 우리를 계속 쳐다보고 있었다. 순간적으로 소름이 끼쳤지만 밤을 새운 피곤함 때문에 빨리 집에 가서 쉬고 싶다는 생각이 더 크게 들었다.

그로부터 2주 정도가 흘렀을 무렵, 나는 입대를 위해 자취방을 뒤로 하고 고향으로 올라갈 준비를 하고 있었다. 가지고 갈 짐을 정리하고 있었는데 주한의 어머니에게서 전화가 걸려 왔다. 아주머니는 억지로 침착한 목소리를 하고 계셨지만 다급함이 느껴졌다.

"영민아, 너 혹시 주한이랑 연락 되니? 며칠 동안 연락이 안 돼서 걱정돼서 그래."

"네? 주한이요?"

사실 주한이와 마지막으로 연락한 것은 그 피시방에 간 날이었다. 이것저것 정리할 것도 많고 입대 전 만날 사람들을 만나다 보니 여유 시간이 없어서 그날 이후로 연락을 하지 않았었다.

"어머니, 그럼 제가 한번 주한이네 집으로 가볼게요."

"고마워, 있다가 꼭 연락 해달라고 해줘!"

그렇게 전화를 끊고 주변에서 같이 자취하던 민수라는 친구와 함께 주한의 집으로 향했다.

주한의 자취방에 도착해 문을 두드렸지만 대답이 없었다. 자취 생활을 하는 친구들이 그렇듯, 주한의 방 비밀번호를 알고 있었기에 대충 번호를 누르고 문을 열었다. 문을 열자마자 안에서는 아픈 사람의 냄새라고 해야 하나, 조금 구리구리하고 퀴퀴한 냄새가 진동했다. 방 창문은 전부 닫혀 있었고 커튼까지 쳐

있었다. 그런 방 한가운데 이불이 깔려 있었고 거기에 주한이가 누워 있었다.

"야, 죽었냐?"

주한이는 반쯤 정신이 나간 얼굴로 시선을 이리저리 돌리다가 내 목소리를 듣고 겨우 말을 했다.

"누구야……? 영민이야?"

"그래, 맞다. 정신 좀 차려 봐라! 너 왜 이러는 건데?"

주한이는 나와 시선도 못 마주치고 말도 더듬으며 덜덜 떨기만 했다. 내가 주한을 진정시키고 있는 사이에 민수가 커튼을 활짝 열었다. 그러자 주한이는 겁에 질려 소리쳤다.

"아아악! 빠, 빨리! 빨리 커튼 쳐! 빨리! 으으으…."

깜짝 놀란 민수는 다시 커튼을 쳤다. 다 큰 녀석이 덜덜 떨며 눈물까지 흘리는 걸 보니 뭔가 일이 있었다는 것을 직감했다.

"야, 너 언제부터 이렇게 됐냐? 뭔 일 있었냐?"

주한이는 자기도 모르겠다며 고개를 저었고, 2주 전부터 누군가가 자기를 훔쳐보고 있는 것 같다고 말했다. 그러다 문득 피시방 앞에서 받은 그 사진이 생각났다.

"너 그때 할머니한테 받은 사진 아직도 가지고 있어?"

"어? 어……. 지, 지갑. 지갑 안에 그대로 있어……."

등골이 오싹한 기분이 들었다. 평소에 귀신이나 영에 관련된 것들을 믿는 건 아니었지만 애당초 너무 수상한 물건이었기에 그런 것과 관련이 있을 것만 같았다. 마침 대학 친구 중 준태라는 녀석의 아버지가 박수무당이라고 들었던 것이 떠올라 황급히 전화를 걸었다.

"여보세요?"

그는 게임을 하던 중이었는지 조금 짜증 섞인 말투였다.

"준태야, 나 영민이다."

자초지종을 설명하자 준태는 한숨을 내쉬며 그런 건 받는 게 아니라고 하며 그의 아버지에게 말해 볼 테니 잠깐만 기다리라며 전화를 끊었다. 그 사이에 민수가 라면을 끓여 주한이에게 먹이고 있었다. 며칠은 굶었는지 주한이는 허겁지겁 라면을 거의 마시다시피 먹어댔다. 얼마 지나지 않아 준태에게 연락이 왔다.

"여의도에 가면 ○○선녀 보살집이 있는데 거기 한 번 가봐."

우리는 가기 싫다는 주한이에게 억지로 잠바를 입혀 보살집으로 향했다. 보살집은 작은 벽돌 건물의 가정집처럼 생긴 곳이었다.

"가자……."

무당집에 들어가는 건 처음이라 조금 긴장했지만 어떻게든 빨리 해야 할 것 같아서 문을 열었다.

"나가! 빨리 나가!"

문을 열자마자 안쪽에서 여자가 소리 질렀다. 너무 갑작스러워서 우리 셋은 모두 그 자리에서 얼어붙었다.

"왜 그러시는데요?"

정신을 차린 내가 물어보자 여자는 다시 한번 소리쳤다.

"난, 못하니까! 어서 다른 데로 가봐! 빨리! 데리고 가!"

몇 번이고 들어가려 했으나 너무 확실하게 거절하여 어쩔 수 없이 발길을 돌리며 준태에게 다시 연락했다. 준태도 사태의 심각성을 느꼈는지 다시 아버지와 얘기해 보겠다며 잠시만 기다리라고 했다. 준태의 연락을 기다리던 중 주한이가 빨리 집에 가야 한다고 재촉해서 어쩔 수 없이 일단 주한의 자취방으로 돌아갔다. 몇 시간이 지났을까, 준태에게서 다시 연락이 왔다.

"아버지가 그 선녀 보살이랑 전화해 봤대. 그런데 너무 원한이 깊은 악귀가 붙어 있어서 강신무로는 안 되고 세습무 중에서도 영기가 센 무당이나 손을 볼 수 있다고 하더라고."

솔직히 이 설명은 어려운 단어가 몇 번이나 튀어나와 명확하게 기억이 나질 않는다. 결국 정리하자면 영적 능력이 매우 강한 무당만이 이 사태를 해결할 수 있다는 뜻인 듯했다. 준태는 그렇게 말하고 내일 본인도 함께 무당집으로 가겠다고 했다.

다음 날, 나와 주한이, 그리고 준태, 민수 이렇게 넷이서 무당집을 방문했다. 문을 두드리자 안쪽에서 고운 할머니 한 분이 나와 아무 말 없이 주한을 쳐다보았다. 그러더니 나와 준태만 안으로 들어오고 나머지 둘은 밖에서 기다리라고 했다.

"쟤 어디서 뭐 받았어?"

무당 할머니의 말에 우리는 지금까지 있었던 일을 설명해 주었다. 그러자 무당 할머니는 혀를 차며 말했다.

"그거, 돈 받고 귀신을 산 거야. 악한 기운이 너무 강해서 나도 어찌할 수가 없다. 저렇게 두면 몇 달 있다가 죽겠지."

무당 할머니 말에 우리는 서로의 얼굴을 멍하니 쳐다보았다. 그러자 할머니는 나를 보며 다시 말을 꺼냈다.

"너, 쟤 죽일래? 살릴래?"

"네……?"

갑작스러운 질문에 다시 한번 질문을 하자 무당 할머니는 나를 지긋이 바라보며 말을 이었다.

"저 친구 살릴 방법이 없는 게 아니야. 한 가지 있긴 한데 너만 할 수 있어."

"제가요? 어떻게요?"

"네가 쟤한테 다시 귀신을 사면 돼."

"네?"

물론 친구가 죽는 것을 보고만 있을 수는 없지만 갑작스러운 무당 할머니의 제안에 깜짝 놀랐다.

"너, 조상님들 잘 모시고 있지? 네 조상님들이 너를 단단히 지켜주고 계신다. 본래 그 사진을 받았을 때 같이 있었으면 너도 어느 정도 영향을 받아야 하는데 조상님들 덕분에 아무 일도 없는 게야. 이 정도면 너는 저 사진을 가지고 있어도 사는 데 문제는 없을 게다."

무당 할머니의 말에 나는 고민했다.

어떻게 해야 할지, 그렇다고 무턱대고 그 사진을 받기엔 너무 찝찝했다. 하지만 그렇게 하지 않으면 친구가 죽을 수도 있다. 그러다 문득 비록 내 잘못은 아니지만 도와줄 수 있었는데 무서워서 도와주지 않아 만에 하나 진짜 친구가 죽는다면 난 평생 그 죄책감에 시달려야 할 것 같은 기분이 들었다. 나는 무당 할머니의 제안대로 하겠다고 했고, 무당 할머니는 나가서 이전 금액보다 높은 돈을 받으라고 했다. 무당집 밖으로 나온 나는 주한이에게 지금 그 사진을 가지고 있냐고 물었고, 주한이는 지갑이랑 같이 가지고 있다고 했다. 나는 심호흡을 한 번 한 후 주한이에게 말했다.

"야, 너 지갑에 지금 얼마 있어?"

"10만 원 정도?"

"그 사진 내가 가져갈게. 10만 원에 나한테 팔아라."

그렇게 말하자 주한이는 고개를 갸우뚱했다. 나는 무당 할머니에게 들은 말을 그대로 전해 주었고 주한이는 처음엔 망설였으나 이내 고맙다고 말하며 사진과 10만 원을 내게 주었다.

"할머니, 복채는 얼마나 드리면 되나요?"

"됐다. 이건 내가 아니라 네가 해결한 거야. 난 아무 도움도 주지 않았다."

무당 할머니는 복채도 받지 않고 한마디 덧붙였다.

"너 그 사진 지갑 안에 안 보이게 잘 넣어 놓고 누구한테도 보여주지 마라. 그리고 조상님들 자주 찾아뵙고 꼭 제사 잘 지내고, 알았지?"

"네. 명심할게요."

그렇게 무당 할머니를 뒤로하고 우리는 각자의 집으로 향했다. 다행히 그날 이후 주한이와 나, 둘 다 아무 일도 일어나지 않게 되었고 난 군대에 입대하게 되었다.

입대 후 신교대 입소 2주 정도가 지났을 무렵, 서로서로 친해질 대로 친해진 우리는 취침 시간에도 바로 잠들지 않고 동기들과 함께 담소를 나누었는데 주로 여사친이나 본인 여자 친구 자랑이 대부분이었다. 어느 날, 릴레이로 무서운 이야기를 하자는 이야기가 나와서 침상 끝부분부터 차례대로 무서운 이야기를 하기 시작했다.

대부분이 시시한 이야기거나 어디서 들어봄 직한 이야기들이었고 그렇게 내 차례가 돌아왔다. 평소에 무서운 이야기를 듣지도, 찾아보지도 않았던 터라 무슨 이야기를 할지 고민하던 중 문득 그때 그 사건이 떠올랐다.

흑백사진.

이걸 여기서 말해도 될까?

고민했지만 빨리하라는 동기들의 재촉에 어쩔 수 없이 이야기를 꺼냈다.

그렇게 이야기가 끝나자 침상 너머에서 조용히 듣고 있던 찬이라는 동기가 주작한다며 웃어댔다. 다른 동기들도 조용히 잘 듣고 있다가 찬이의 말에 동조하며 주작이라고 코웃음을 쳤다. 조금 발끈한 나는 주작이 아니라 진짜 있었던 일이고, 무당 할머니의 당부 때문에 꺼내서 보여줄 수 없지만 지금도 관물대 안지갑에 들어 있다고 했다.

"에이, 없으니까 못 보여주는 거지."

찬이가 계속 도발해서 당장이라도 꺼내 보여주고 싶었지만 꾹 참았다.

다음 날 아침, 훈련소에서는 순차적으로 세면을 하므로 내 차례가 올 때까지 기다렸다가 세면 백을 들고 화장실로 향했다. 문제는 여기서 발생했다.

세면을 끝내고 돌아온 나는 내 자리에 뭔가 미묘한 위화감을 느꼈다. 보진 않았지만 누군가 내 물건을 만진 듯한 느낌이 들 때가 있지 않은가. 딱 그 느낌이었다. 허겁지겁 관물대에 넣어둔 지갑을 꺼내 보았다. 확증은 없지만, 확실히 누군가 지갑을 뒤진 기분이 들었다. 현금과 카드는 그대로 있었지만 동전 주머니에 넣어둔 흑백사진이 너무 마음에 걸렸다.

"1생활관 집합!"

조교의 갑작스러운 집합 명령에 지갑을 다시 관물대에 넣고 일과를 시작했다. 그로부터 3일 후, 찬이가 갑자기 퇴소했다. 3주차 일정이 야간 훈련 일정인 터라 녀석이 무슨 이유로 퇴소했는지는 알 수 없었지만 같은 텐트에서 잔 녀석들의 말에 의하면

야간에 누군가 보고 있다며 혼자 부들부들 떨었다고 했다. 그때 느꼈던 위화감이 단순한 감이 아닌 사실이라고 확신하게 되었다. 그렇게 보면 안 된다고 신신당부했는데 찬이 녀석이 지갑을 열어본 것이 틀림없었다. 그 사건 이후 전역 날까지 난 그 누구에게도 지갑 속 사진 이야기를 하지 않았다.

시간이 지나 전역 후 내가 대학교 3학년쯤 되었을 때 이 이야기의 끝을 맺는 사건이 발생했다. 여느 때처럼 피시방에서 시간을 보내다가 잠시 화장실에 다녀온 사이 지갑이 사라졌다. 너무 아무렇지 않게 살고 있었던 터라 사진보다는 지갑 속 20만 원이 사라졌다는 사실에 분노했다. 당장 경찰서에 신고했지만 하필이면 CCTV 사각지대 자리라서 확실한 증거 확보가 힘들었다.

경찰들은 범인을 찾으면 연락을 주겠다고 했지만 결국 감감무소식이었다. 대학을 졸업하게 되었을 무렵 나는 개인적인 용무로 무당 할머니를 한 번 더 찾아가게 되었다. 무당 할머니는 몇 년이 지났지만 나를 기억하고 있었고 인자한 미소로 반겨주셨다. 용무를 마치고 돌아가려던 차에 피시방에서 지갑을 도난당한 일이 생각나 이야기하자 할머니는 조금 진지한 말투로 말씀하셨다.

"얼마 들어 있었어?"

"지갑 안에요?"

"그래. 지갑 잃어버렸을 때 얼마나 들어 있었어?"

"한 20만 원 정도 들어 있었던 것 같아요."

"지난번 네가 그 사진 살 때 얼마 받았지?"

"10만 원인가? 받았을걸요?"

할머니는 이윽고 껄껄거리며 웃으셨다.

"그럼 그놈이 너한테 사진을 사 간 거야."

"네?"

본디 그 악귀는 돈을 심하게 밝히는 놈인데 받은 가격보다 더 많은 금액으로 가져갔으니 그 녀석에게 붙을 거라고 설명해 주셨다. 그리고 내가 나가기 전에 할머니는 한마디 더 붙여 말씀하셨다.

"만약 경찰서에서 지갑 찾았다고 가져가라고 연락이 와도 절대 받지 마라."

"네. 연락이 와도 그냥 무시할게요."

당시에 나는 귀찮은 물건이 드디어 사라졌다는 안도감에 왜 받지 말라고 했는지 물어보지 않았다. 지금 와서 다시 생각해 보니 이유가 궁금하긴 하지만 무당 할머니에게 물어보러 갈 수가 없게 되어 영영 알지 못할 것이다. 무당 할머니는 몇 개월 전 세상을 등지고 하늘나라로 가셨다. 비록 두 세 번 정도 만났지만 그 인자한 미소를 이제 못 볼 거라 생각하니 조금 씁쓸한 기분이 든다.

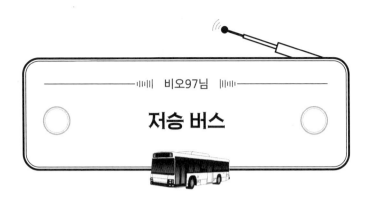

대학 친구가 겪은 이야기이다.

2016년 검정고시를 패스하고 일정에 조금 여유가 생긴 K는 군대 휴가를 나온 친구 놈들과 오랜만에 만나기로 약속을 잡았다. 군면제라서 군대를 가진 않았지만 친구 놈들이 모두 군대에 가버려 홀로 쓸쓸히 검정고시를 준비했던 K는 오랜만에 친구들을 만나는 이 시간이 좋았다. 친구들과 맛있는 것도 먹고 게임도 같이하며 그동안의 스트레스를 모두 풀었다. 하지만 돌아오는 길에 그 망할 사건이 일어날 거라곤 상상도 하지 못했다.

사건은 모임이 마무리되고 각자 집으로 돌아가는 길에서 시작되었다. 친구들과는 어린 시절 같은 동네에 살았지만, K가 이사를 하는 바람에 혼자 꽤 떨어진 동네에 살게 되었고, 그 때문에 모임은 늘 친구들이 있는 쪽으로 가곤 했다. 그날은 K도 멀리 가기 귀찮아 친구들과 자신의 집 중간쯤에서 만나기로 했다. 이 때문에 친구들은 모두 같은 방향 버스를 타고 갔지만 K만 혼자 반대 방향으로 가는 다른 버스를 기다려야 했다.

하지만 시간이 너무 늦은 탓에 K의 동네로 가는 버스는 끊겼고, 지푸라기라도 잡는 심정으로 같은 방향으로 가는 버스를 타기 위해 근처 허름한 버스 정류장에 앉아 기다리기 시작했다. 시간은 점점 흘러 자정이 되었고, 사실상 버스에 대한 희망을 버리고 돈이 깨지더라도 지나가는 택시를 잡아타야겠다고 생각하던 중이었다.

그때 저기 언덕 너머에서 희미한 불빛이 보이기 시작했다. 버스 한 대가 구세주처럼 오고 있었다. 하지만 버스의 행세가 조금 이상했다. 상당히 낡아 보이는 것은 차치하더라도 번호는 있지만, 정면 상단과 좌우 측면에 붙은 버스 번호와 코스 표 같은 것이 그 버스에는 없었다. 하지만 당시의 K는 택시를 타지 않아도 된다는 생각에 너무 반가워서 버스를 향해 손을 흔들었다. 잠시 후 버스가 멈추고 문이 열렸다.

"기사님. ○○시내로 나가시나요?"

"……"

기사님은 아무 말이 없다 곧 나지막이 말씀하셨다.

"학생, 이 시간에 거기까지 가는 차는 없어."

"아, 네."

기사님의 말에 실망하고 다시 정류장 의자에 앉으려고 몸을 돌리는 찰나 다시 말씀하셨다.

"어이 학생! 그러지 말고 일단 타."

기사님의 말에 K는 안도했다. 교통카드를 찍고 버스에 타서 앉을 곳을 찾으려는데 기사님이 다시 말씀하셨다.

"학생! 내 뒷좌석에 앉아."

K는 그 자리가 싫었지만, 기사님의 눈을 보고 뭔가를 느꼈다. 왠지 그곳에 앉지 않으면 위험할 것 같다는 것을 말이다. 그렇게 K를 태운 그 버스는 길을 달리기 시작했다. 하지만 행선지도 모르는 버스에 몸을 싣고 있으려니 살짝 불안함이 몰려왔다. 가장 불안한 것은 버스에 타기 전에 본 것이었다.

사실 K는 영안이 조금 있는 상태였다. 그렇다고 집안에 무당이나 영 능력자가 있는 것도 아니고, 그들처럼 모든 영적 존재가 다 보이는 것도 아니다. 그저 귀신이나 잡귀들을 파악할 수 있고 이런 존재들이 내는 소리나 내뿜는 기운을 조금 느낄 수 있는 정도였다.

K는 버스에 타기 전 이미 버스 뒤에 붙은 머리 없는 사람들을 봤던 것이다. 그들은 흡사 영화에 나오는 좀비들처럼 버스 뒤에 매달려 있었다. 하지만 버스에 타기 전에는 대수롭지 않게 생각했다. 등교할 때마다 또 일상생활에서도 버스나 건물에 붙은 것들을 자주 보았기 때문에 대수롭지 않게 생각했다. 다만 조금 걱정되는 게 있다면 이번엔 그동안 보았던 것과는 다르게 머리가 없다는 점이었다.

어쨌든 K가 가장 걱정했던 건 행선지였다. 마침 기사님 뒤에 탔으니 어디쯤 내리는 게 좋을지 물어보았다.

"저, 기사님······. 전 어디에서 내려야 하나요?"

"내가 내리라고 할 때 내리면 돼. 학생. 그리고 이제부터 아무 말도 하지 말고 뒤를 보지도 마."

기사님은 앞에 달린 거울로 K와 시선을 마주치며 말씀하셨다. 기사님의 눈을 보자 모든 걸 알게 되었다. 이 버스는 조금, 아니 많이 위험한 버스라는 것을······.

그 겨울날 식은땀을 흘리며 버스의 덜컹거림에 몸을 맡기고 숨죽여 창밖을 응시했다. 하지만 문제는 버스에만 있는 게 아니었다. 정신을 차리고 창밖을 볼 때쯤 창밖은 이미 K가 알지 못하는 곳으로 가고 있었다. 무슨 고속도로를 달리고 있었던 것 같은데 건물은 전혀 없는 포장도로였다. 이윽고 버스가 터널에 진입하여 달리기 시작할 때 K는 생각했다.

'이 동네 버스들은 절대 터널을 지나는 노선이 없는데…….
이건 뭐지?'

다른 사람들이라면 납치나 범죄를 생각하겠지만 K는 아까 본 목 없는 사람들을 생각하며, 일단 과학적으로 증명하기 힘든 뭔가와 관련이 있다는 걸 알게 되었다.

터널 중간쯤 가자 버스는 속력을 줄이더니 곧 멈췄다. 옆 창문만 보던 K는 차 앞을 응시했고 자신의 눈을 의심할 수밖에 없었다. 그 심야에 그것도 터널 한가운데 버스 정류장 표지판이 세워져 있는 게 아닌가? 하지만 그 말도 안 되는 광경은 다음에 일어날 일에 비하면 아무 것도 아니었다. 표지판이 세워진 곳에는 세 명의 사람들이 기다리고 있었고 그들은 버스가 정차하자 승차하기 시작했다.

그런데 일반적으로 버스를 탈 때 어느 문을 이용하는가? 대부분은 분명히 앞문으로 승차할 것이다. 하지만 이 기묘한 승객들은 앞문이 아닌 뒷문으로 탑승하기 시작했다. 그 모습도 너무 이상했지만 기사님의 충고, 아니 경고가 있었기에 K는 뒤를 돌아볼 수 없었다.

어릴 적부터 이상한 것들을 보고 자라온지라 웬만한 상황은 무섭지 않은 K였지만 이번만큼은 너무 무서워 휴대폰에 이어폰을 꽂고 음악의 볼륨을 최대치로 높이고 눈을 감았다. 승객을 모두 태웠는지 버스는 곧 출발했다. 버스가 터널을 나오고 얼마 지나지 않아 아는 길이 보이기 시작했고, K는 버스에 타기 전과 같은 안도의 한숨을 쉴 수 있었다. 버스는 도시 외곽에 다다랐고 그때쯤 기사님은 K를 향해 말씀하셨다.

"학생, 이제 내려."

"아, 네."

기사님의 말에 K는 반사적으로 뒷문으로 가기 위해 몸을 돌렸다. 그러자 그 흔들림 없던 기사님이 조금 힘을 주어 말했다.

"학생! 왔던 길로 가야지."

"네? 아, 네."

길! 그 당시에는 무작정 내렸지만, 문을 길이라고 표현하다니 정말 기묘하고 또 기묘한 표현이었다. 앞문으로 내린 K는 그래도 여기까지 태워준 기사님에게 감사하다고 고개 숙여 인사를 했다. 하지만 K의 인사에 기사님은 감정 없는 말투로 말쓸하셨다.

"학생, 막차 끊기고 오는 버스는 타지 마. 그리고 빨리빨리 다니고."

기사님의 말과 함께 버스의 문은 닫혔고, 버스는 매연과 함께 떠나갔다. 하지만 이 기묘하고 무서운 경험의 최정점을 찍는 일은 그때 일어났다. K의 앞을 지나가는 그 버스의 뒷좌석에는 수십 명의 사람이 창문에 바싹 밀착한 채 안에서 K를 바라보고 있는 것이었다.

나이와 성별은 다양했다. 여학생, 남학생, 험하게 생긴 중년의 남자, 그리고 흰 한복을 입은 노인, 가방을 멘 어린이 등 수십 명의 눈이 두렵게 창문에 붙어서 바라보는 그 광경은 꿈에 나오면 지금이라도 오줌을 지릴 것만 같고, 생각만 해도 오싹한 모습이었다.

다행히도 그날 K는 무사히 집에 돌아갔고 그 뒤로는 버스를 보지 못했다. 이후 그 버스가 왠지 저승으로 가는 버스가 아닐까 추측해 보곤 한다. K보다 영감이 더 뛰어난 무당집 친구의 말에 의하면 저승으로 가는 삼도천까지 가기 위해 커다란 마차가 죽은 사람들을 태워 가는데 이때 영혼들은 마차의 앞문이 아닌 뒷문으로 탄다고 한다. 그 녀석의 말을 들어보니 K가 탔던 버스와 꼭 맞아 떨어졌고 그래서 그 버스가 저승행 버스였을 것으로 생각한다는 말이다.

후일담을 하나 더 쓰자면 이것도 조금 기묘한 일인데 그 일이 있고 얼마 지나지 않아 그 버스의 정체를 추적할 수 있지 않을까 해서 호기심에 교통카드 내역을 조사해 보았지만, 그날 그 시각에 버스 요금으로 지출된 금액은 없었던 걸로 나왔다고 한다.

그리고 K는 마지막으로 이 말을 덧붙였다.

"막차 시간이 지나고 번호 없는 버스가 나타났다면 그 버스를 절대 타지 마. 혹시 탔다면 뒤를 돌아보거나 소리를 내지 말고. 그리고 모르는 길로 접어들었다면 당황하지 말고 침착하게 아는 길이 나올 때까지 기다리다가 기사님에게 조용히 얘기해서 꼭 '앞문'으로 내려. 안 그러면 영원한 막차가 될지도 모르니까."

큐브가이님

안개 속 발소리

베트남에서 일하며 거주하던 시기에 있었던 일이다.

어느 날, 한국에 있는 절친한 친구에게 연락이 왔다. 곧 결혼을 앞둔 녀석이었다.

"여, 웬일이냐?"

"야 인마, 넌 형님 곧 결혼하는 거 알아 몰라?"

"알지 왜 모르겠냐? 준비는 잘하고 있지?"

"아이고 빨리도 물어보신다. 다음 주 결혼이거든."

"와! 벌써 시간이 그렇게 됐나? 못 가봐서 어쩌냐?"

"그래서 이 형님이 신혼여행을 베트남으로 갈 거다. 가이드

준비 철저히 하도록."

"오, 그거 좋은 생각이다. 오면 맛있는 거 많이 사 주고 좋은 곳 데려가 주마!"

그렇게 약속 날 도착했다는 연락을 받고 다낭 공항으로 여친과 함께 이동했다. 친구 부부와 반갑게 인사를 나누고 각자 자신의 여친과 아내도 인사시켜 주었다.

"든든한 가이드! 안내 시작해 봐. 다낭 어디가 좋냐?"

친구의 말에 조심스레 의견을 물어보았다.

"아, 다낭도 좋은데 나도 여기 온 뒤로 다른 지역은 한 번도 안 가봤거든. 사파로 가보는 건 어떠냐? 거기 경치가 끝내준다는데."

"얀마, 가이드가 잘 아는 곳을 안내해야지. 너도 안 가본 곳이면 다 생고생하는 거 아냐?"

"뻔한 곳보다 새로운 장소도 재밌겠네요. 여보, 사파로 가보자."

친구는 발끈했지만 친구의 아내 덕에 사파에 가게 되었다. 그렇게 우리는 슬리핑 버스를 타고 사파로 출발했다. 생각보다 오래 걸려 거의 하루를 허비해 도착한 사파는 정말 아름다웠다. 매일 바다만 보다 높디높은 산을 보니 뭔가 굉장히 웅장했고 역시 자연은 대단하다고 생각하게 되는 광경이었다. 그곳 사파는 산이 정말 많고 아름다운 광경 때문에 세계 곳곳의 트래킹족들이 많이 오는 곳이다. 그리고 이 사파의 하이라이트는 안개이다. 안개가 자주 끼는 지역이다 보니 안전을 위해 산에 올라가는 중간중간 산악인들을 위한 휴식처도 있고, 작은 마을도 있었다.

그렇게 우리는 이 산이 예쁘네, 저 산이 멋있네 하면서 예약한 숙소로 이동했다. 숙소에 도착한 우리는 각자 짐을 풀고 다시 모여 친구가 가져온 부루마블도 하고, 어머니께서 보내주신 화투로 고스톱을 치는 등 정말 재밌게 놀았다. 어느덧 저녁이 되어 밥을 먹고 잠깐 쉬려는데 친구가 말을 꺼냈다.

"야, 다 좋은데 우리가 여기까지 고생 또 고생, 생고생, 개고생을 해서 왔는데 방에만 틀어박혀 고스톱이나 치고 앉아있는 건 좀 너무하단 생각 안 드냐?"

"흠. 생각해 보니 그것도 그렇네! 근데 안개도 꼈고 해도 다 저물었는데 지금 어딜 나가는 건 조금 위험하지 않을까?"

"야! 트래킹하자는 게 아니라 이왕 여기까지 온 거 한 번 탐사 정도만 하려는 거지."

친구의 이 한마디에 반대를 했어야 했다. 이 대화로 인해 얼마나 무서운 경험을 하게 될지 그때는 꿈에도 몰랐다.

나와 친구는 애인과 아내에게 탐사라는 명목으로 밖으로 나오는 데 성공했다. 다행히 언제 안개가 걷혔는지 듬성듬성 불이 켜져 있는 마을은 정말 소박하고 예뻤다. 그래도 가로등이 별로 없는 산악지역이라 손전등 하나와 내 백팩을 가지고 나갔다. 그런데 탐사를 시작한 지 10분 정도가 지나니 다시 안개가 드리우기 시작했고 결국 채 20분도 되지 않아 한 치 앞도 안 보이는 지경까지 되어버렸다.

"야, 큰일 났다. 우리 숙소까지 어떻게 가지?"

"그러게. 그냥 여기서 안개가 없어질 때까지 기다려보자."

그렇게 우리는 그 자리에 서서 안개가 걷힐 때까지 기다렸지만 아무리 시간이 지나도 안개는 사라지지 않았다. 뭔가 이상한 기분이 들기 시작했다. 그게 뭘까, 생각하며 주변에 집중해 보니 이유를 알 수 있었다. 주변에 아무런 소리도 들리지 않았기 때문이다. 친구에게 물어보았다.

"야! 지금 아무 소리도 안 들려. 우린 지금 마을 한복판에 있고, 무엇보다 8시밖에 안 됐는데 사람 소리는커녕 풀벌레 소리조차 안 들리는데……. 내 귀가 이상한 거야?"

"아니……. 나도 그래. 몇 분 전까지만 해도 여행온 사람들 소리랑 이곳 주민들 떠드는 소리가 들렸잖아."

이런 얘기가 오가니 갑자기 오싹해지고 걱정되기 시작했다. 무엇보다 주변의 소리는 마치 안개가 모든 소리를 집어삼킨 듯 조용했다. 바람 한 점 부는 느낌도 없었고 그저 고요함만 가득했다.

그런데 친구가 갑자기 이상한 소릴 하는 것이다.

"너……. 방금 소리 들었어?"

"무슨 소리? 난 못 들었는데."

"무슨 소린진 모르겠는데 자꾸 우리 앞쪽에서 발소리가 나……."

친구의 이 한마디에 귀를 기울여 집중해 보았다.

친구의 말이 맞았다.

누군가 이곳으로 천천히 걸어오는 소리.

꽤 먼 거리에서 걸어오는 발소리였다. 사람의 발소리가 아닌 말발굽 같은 소리였다. 그때부터 소름이 돋기 시작했고 '이건 왠지 위험하다'라는 생각이 들기 시작했다. 거기까지 생각이 미치자 친구에게 속삭이듯 말했다.

"야……. 손전등 꺼."

내 말에 친구는 손전등을 껐다. 그러자 눈앞에 보이는 건 암흑과 안개뿐이었고, 들리는 건 발소리뿐이었다. 그리고 발소리와 함께 새로운 소리가 들리기 시작했다.

염소 울음소리?

그런데 내가 알고 있는 염소의 울음소리와는 확연히 달랐다. 이런 표현이 조금 그렇지만, 아무리 생각해도 이 표현 외엔 설명이 힘들다. 마치 염소가 죽을 때 내는 소리. '메에~메에~' 하는 소리가 아니라 염소가 내는 단말마의 비명 소리……

그런 소리가 발걸음 소리와 함께 메아리치며 우리 쪽으로 다가오고 있었다. 친구에게 도망치라는 말을 하려고 옆을 봤는데 친구는 처음 겪는 괴상한 일에 패닉이 온 건지 주저앉아 덜덜 떨고 있었다. 그 소리가 들리고 몇 분 안 되었는데 정말 오랜 시간이 지난 것 같았다. 멘탈이 나간 친구에게 소리쳤다.

"정신 차려! 정신 안 차리면 너 죽을 수도 있어 새꺄! 네 마누라 생각해서라도 정신 붙들어 잡아!"

이런 이야기를 하면서도 시선은 계속 소리 나는 쪽을 노려보고 있었다.

그리고 이내 보게 되었다.

완전한 모습을 본 건 아니지만 실루엣을 보았는데 이상하게 생긴 무언가가 네 발로 기어 다니는 모습이었다. 동물이 아닌 사람 같은 형체가 엎드려 기어 다니는 모습. 더 자세히 보니 인간과 흡사하지만, 손으로 보이는 그것은 말발굽 같아 보였다. 그걸 알 수 있었던 게 달빛에 비친 안개 속에 손으로 보이는 실루엣이 사람의 것이 아니라 뭉툭한 사각형 기둥이 손목에 붙어 있는 것처럼 보였으니까.

쉴 새 없이 울어대는 그 염소 소리와 뭔가를 찾는 듯 발굽 소리를 내며 정신없이 움직이는 손과 발. 나는 그 기괴한 모습과 목소리에 약간 충격을 받았지만 뭐랄까, 한편으론 다행이라고 생각했다. 그것은 형태가 있었으니 최소한 싸울 수 있다는 뜻이었으니까. 그런데 그것은 우리가 있는 곳으로 오는 게 아니라 오른쪽 경사로 내려가고 있었다. 그래도 혹시 몰라 주변을 계속 경계하고 있었다. 다행히 아무 일도 일어나진 않았다.

그리고 점차 다시 주변의 소리가 들려오기 시작했다. 여행자들의 즐거워하는 목소리, 늦은 저녁을 준비하는지 식기 부딪히는 소리 등등. 그리고 마지막으로 안개가 서서히 걷혔다. 친구를 돌아보니 여전히 정신을 놓고 있는 게 보였다. 친구의 뺨을 몇 대 쳐보니 놀라 주변을 두리번거리고서야 펑펑 울기 시작했다. 근처에 있는 구멍가게에서 음료수를 사서 친구에게 건네니 그걸 마시고 나서야 겨우 진정했고, 우리는 무사히 숙소로 돌아갈 수 있었다.

하지만 우리가 겪었던 이 사건을 여친과 친구의 아내에겐 말하지 않기로 했다. 그 뒤로 남은 휴가는 안전하고 재미있게 보냈고, 지금도 그 친구와 연락하면 이 이야기를 하곤 한다. '과연 그때 우리가 겪은 그 현상과 그 괴이한 생명체는 뭐였을까' 하고 말이다.

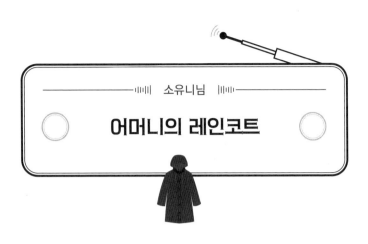

소유니님

어머니의 레인코트

이 이야기는 중학교 때 수학 선생님께서 겪은 이야기를 토대로 옮겨 적은 것이다.

난 2남 1녀 중 막내이자 유일하게 우리 집안의 딸이다. 우리 집은 근면 성실로 똘똘 뭉친 부모님과 시끌벅적한 오빠들 그리고 집 지키는 누렁이 두 마리와 흰둥이 두 마리를 더해 새침데기 야옹이 패밀리까지, 집이 꽉 찰 정도로 푸짐한 구성원들이 한집에 북적대며 살고 있었다. 그도 그럴 것이 내가 태어나고 자란 곳은 시골 중의 시골이라 최대한 적적하지 않게 살아야 했으니까……. 게다가 마을의 가구 수라고는 발톱의 때만큼도 찾아보기 힘들 정도로 듬성듬성이라 사람 구경할라치면 버스를 타고 두어 시간 도시로 나가야 볼 수 있는 그런 곳이었다.

그래도 풍광은 끝내줬다. 하늘에 닿을 듯한 산자락이 깊은 눈매를 만들 듯 그윽하게 펼쳐 있었고, 산 중턱 어딘가에서 뻗어 내려오는 시냇물은 산수화의 정점을 찍듯 나름의 장관을 만들어냈다. 들판은 또 얼마나 근사하던지! 계절별로 형형색색 옷을 바꿔 입으며 화려한 자태를 뽐내는 데다 그에 걸맞게 새들은 여기저기서 자기 목청이 최고인 양 자랑질에 지칠 줄 모르는 곳이기도 했다. 순정품의 공기가 청정 지역에 떡하니 자릴 잡고 있어 콧구멍에 까만 때가 낄 일은 하나도 없는 쾌적한 무릉도원이었다.

하지만 콧구멍 대신 손톱 사이가 시커멓게 되는 날이 많았다. 우리 집은 여러 가지 채소를 재배했으니까. 이건 우리의 유일한 생계 수단이기도 했다. 부모님은 열심히 지은 농산물을 장에 나가 팔며 우리를 키우기 위해 최선을 다하셨다. 그렇다고 채소 농사만 지은 건 아니고 손바닥만 한 땅덩어리에 벼농사도 지었다. 그건 단순히 파는 목적이라기보단 우리 가족들이 먹을 식량이었다. 그렇다 보니 농번기 땐 부모님의 일거리가 많을 수밖에 없었다. 허리 한 번 펴지 못하고 온종일 농사일에 매달려야 했고 돈을 벌어서 우리 삼 남매 기죽지 않게 살게 해줘야 한다는 일념이 큰 분들이기에 당신들의 희생을 절대 아끼지 않으셨다.

그러나 우리 남매들은 마냥 부모님만 힘들게 일하시도록 둘 수 없었다. 방과 후 집에 오면 누가 먼저랄 것도 없이 농사일을 돕기 위해 밭이며 논이며 온갖 곳에 뛰어들곤 했다. 하지만 그럴 때마다 부모님은 시간 아깝게 낭비하지 말라며 책 한 권, 글자 한 자라도 더 보고 공부에 전념하라는 잔소리를 기차 화통 삶아 먹듯 온 동네가 떠나가도록 하셨다.

그렇다고 화를 내신 건 아니다. 단지 목청이 크셨을 뿐이다. 부모님께서 이렇게 빽빽댄 데에는 이유가 있었다. 우리 부모님은 보육원 출신이다. 외조부모님이 사고로 한꺼번에 돌아가시는 바람에 엄마와 엄마 남동생은 바로 보육원에 보내졌는데, 이 남동생이 나의 유일한 멘토인 외삼촌이다. 그리고 우리 아빠는 술주정뱅이에 빚쟁이인 할아버지를 내팽개치고 도망치듯 혈혈단신으로 보육원에 들어가셨다. 할머니는 일찌감치 이런 고주망태 할아버지를 피해 야반도주하셨다. 남들한텐 창피하리만큼 우리 집안의 흑역사를 거하게 장식하신 주역들이라고 생각한다.

어쨌거나 이런 배경들 때문에 나의 부모님은 배움이 짧으셨다. 학업 대신 일찌감치 취업 전선에 뛰어드셨으니까. 그러니 자식들 공부 욕심은 하늘을 치솟아 날아갈 정도였던 건 당연했다. 많이 배워야 부모님처럼 고생 안 하고 떵떵거리며 살 수 있는 거라고 늘 말씀하셨지만 난 그 당시 극성떠는 엄마의 목소리가 정말 싫었다. 철딱서니 없이 대들기를 밥 먹듯 하던 게 나란 인간이었다.

"꽁지야! 제발 딴짓거리 허지 말고 책 좀 봐! 너, 그러다 더운 날 더운 데서 일하고 추운 날 추운 데서 일헌다! 적어도 손가락에 먹물은 묻히고 살아야 할 것 아녀! 이 쪼매난 것이 뭐가 되려고 책은 똥통에 처박아두고 딴짓거리만 하는 거여? 오죽하면 다들 너더러 꽁지라고 하겠냐! 중학교 들어가기 전에 전교 꼴찌 딱지는 떼야 할 거 아녀! 남 부끄럽지도 않냐? 제발 정신 차리자, 꽁지야!"

"아흐, 엄마! 잔소리 좀 그만해! 공부는 오빠들이 내 몫까지 하잖아! 나는 그냥 이대로 농군 하며 살래! 농사짓는 것도 공부다, 뭐. 쳇! 그리고 엄마가 꽁지 꽁지 하니까 성적도 꼴찌잖아! 내가 이러는 건 다~ 엄마 탓이다, 뭐! 그러니 뭐라고 하지 마셔!"

난 한마디도 안 지고 엄마한테 눈을 동그랗게 뜨며 대들었다.

그러자 엄마는 분을 못 이겨 싸리비를 들고 쫓아오셨다.

"뭐? 농군? 이것이 미쳤나? 아이고! 이것을 그냥! 너 오늘 뒈지게 맞아야겠다!"

"내가 왜? 엄만 나 못 때려! 메롱! 메~에~롱!"

난 엄마를 양껏 약 올리며 더 크게 쫑알거렸다.

"엄마! 까만 건 글씨! 흰 건 종이! 숫자는 대충 세면 되는 거! 이렇게 살아도 세상 편하게 살 수 있다고! 공부 그거 너무 후벼 파면 해골 아파. 난 엄마, 아빠처럼 그냥 멋진 농군 하며 살래! 나 하나쯤은 공부 안 해도 세상은 잘 돌아가잖아!"

"뭐여? 이것이 뚫린 입이라고! 너 오늘 죽고 잡냐?"

싸리비를 들고 쫓아오시는 엄마를 뒤로하며 난 잽싸게 도망치기 일쑤였다. 난 공부는 꼴찌지만 달리기는 전교 1등이었으니까. 우리 엄마는 절대로 날 못 잡는다. 물론 도망갔다가 집에 들어오면 그날은 반 제삿날이 되긴 했지만, 필살기 눈웃음 한 방이면 엄마는 어이없어 하시며 용서는 해주셨다.

이런 일상이 거듭되자 오빠들과 난 각자 역할이 다름을 엄마한테 인정받았고 그 이후론 내가 농사일을 돕는 걸 뭐라 하지 않으셨다. 솔직히 자연에 파묻혀 뒹굴뒹굴하고 지내는 게 책과

씨름하며 사는 것보다 훨씬 좋았다. 그냥 뭐랄까? 딱히 놀이 문화가 없던 시절의 나로서는 이렇게 지내는 게 나름 최선책이었다고나 할까? 누가 말리겠는가? 내가 좋다는데 내가 왕인 거지. 그러니 농사라는 것도 놀이로 생각했던 건 내게 '농군'이란 타이틀은 나만의 전매특허인 셈이었다. 어쩌면 도시에 사는 사람들은 이런 생활을 이해할 수 없을지도 모르지.

그런데 생각해보라. 매년 봄에 새싹이 움터 여름에 열매를 맺고, 가을에 수확하고, 겨울에 또 다른 계절을 준비하고. 이런 일들이 얼마나 멋진 자연의 선물인지 깨닫는 순간 자연은 조물주가 만들어낸 인생 최애템이 되는 건 당연지사일 것이다. 그런데 이런 자연이 인간을 내칠 때에는 가혹하기 이를 데 없었다. 거대한 폭탄이 인간이란 미물을 암흑세계로 빠지게 할 수 있다는 걸 그 당시 누구도 몰랐던 것 같다.

한참 더운 어느 여름방학이었다. 우리 삼 남매는 서울 외삼촌 댁에 일주일간 놀러 가게 되었다. 내가 초등생이란 타이틀로 맞이하는 마지막 여름방학 기념 여행이었는데, 사실 여행은 허울이고 공부에 취미를 갖지 못하는 나에게 서울 콧바람을 쐬게 하며 면학 분위기를 알고 오게 하려는 의도가 숨어있던 거였다.

엄마의 큰 그림인 거지. 난 그것도 모르고 외삼촌 댁에 간다는 것에 마냥 신났던 것 같다. 하지만 엄마는 내가 들떠 있는 모습이 불안하셨는지 제발 서울에 다녀오면 개과천선까진 아니더라도 까막눈은 꼭 벗어나야 한다며, 제발 엄마처럼 고생하지 말고 신선놀음하며 살라고 말씀하셨다.

난 이날도 엄마의 당부를 대수롭지 않게 여겼다. 그래서 그저 흘려듣듯 대답만 하고 오빠들과 함께 아빠 뒤를 따라나섰다. 아빠는 우리를 버스 터미널까지만 데려다주기로 했다. 무엇보다 서울에선 외삼촌이 마중 나오기로 했기 때문에 편히 우리만 보낼 수 있었던 것이다. 농사일이 바빠서 부모님은 동행할 수 없었으니까. 남들처럼 가족여행은 할 수 없어 아쉽긴 했지만, 상황이 그런 걸 누구 탓을 하겠는가? 하여튼 아빠가 우리 남매를 버스에 태워 보내고 집으로 되돌아가시는 것까지 보며 난 차창 너머 풍경에 푹 빠지다 그만 잠이 들어버렸다.

한참 단잠에 빠져있는데 꿈속 어딘가에서 엄마가 보이기 시작했다. 꿈에선 비가 철철 내리고 있었고, 엄마는 우리 집 옆 시냇가에서 뭔가를 찾고 계셨다. 그러다 찾긴 찾았는데 그게 다 낡아빠진 검은색 레인코트였다. 엄마는 그걸 잡으며 기뻐하셨다. 순간, 엄마의 모습이 형체는 없어지고 시커먼 재만 남은 채 어디론가 사라지는 것이다. 그 검은색 레인코트만 그대로 냇가 옆에 있고…… 난 엄마를 부르다가 잠에서 깼는데 너무 찜찜했다.

이대로 서울에 가는 게 맞나 싶었지만, 어느새 버스는 터미널에 도착해버렸고 난 묵직한 마음으로 마중을 나온 외삼촌을 만나게 되었다. 외삼촌은 우리 남매를 많이 반기셨지만 난 좀 전까지 꿨던 꿈 때문에 외삼촌의 반응에 마냥 좋아할 순 없었다. 일단, '아무 일도 없겠지'라는 생각은 했지만, 표정은 거짓말을 못 했나 보다. 외삼촌은 나의 어두워진 표정을 읽으시곤 바로 물어보셨다.

"꽁지! 무슨 일 있는 거야? 모처럼 서울에 와서 왜 그래? 뭐 걱정거리라도 있어?"

"외삼촌……. 엄마가 걱정돼요. 꿈에…… 꿈에서 엄마가…… 엄마가 잿더미가 되셨어요. 그리고 사라지셨는데요. 걱정돼요. 전 원래 꿈을 잘 꾸지 않거든요. 자꾸 꿈이 생각나요."

"꿈에? 에이, 그건 개꿈이야! 꽁지 한참 크려고 개꿈 꿨나 보네! 별일 없을 거야. 걱정하지 마! 삼촌 집에 도착하면 엄마한테 전화해보면 되겠지? 있는 동안 즐겁게 지내다 가야지, 안 그래?"

"정말 괜찮을까요? 휴…… 알겠어요, 외삼촌!"

외삼촌이 다독이듯 말씀하셨지만 마음이 여간 불편한 게 아니었다. 오빠들도 너무 신경 쓰지 말라며, 일주일 동안 외삼촌 댁에서 맘껏 즐겁게 지내다 집에 가자고 했다. 주변의 반응에 난 반강제로 안심해야 했다. 집에선 무슨 일이 벌어지고 있는지도 모른 채 말이다.

우린 터미널에서 한참을 벗어난 후 외삼촌 집에 도착하게 되었다. 난 득달같이 외삼촌 집에 뛰어들어 가 외숙모한테 인사도 하는 둥 마는 둥 하고 전화기부터 찾았다. 외숙모는 허둥대는 나의 모습에 몹시 당황하셨지만, 외삼촌이 이유를 설명해 주시자 어느 정도 이해해주셨다. 일단 거실 한쪽에 있는 전화기를 보자 반가운 마음에 집에 전화했다. 그런데 신호음만 계속 들리고 아무도 받지 않았다. 또다시 걸었다.

"여보세요? 누구쇼?"

아빠의 목소리였다. 난 다급히 엄마를 찾았다.

"아빠! 엄마는?"

"네 엄마? 마당에 있는데? 갑자기 비가 많이 와서 밭일하다 집에 막 들어와서 널어놓은 빨래 걷고 있는디! 그런데 왜 전화한겨? 외삼촌 아직 못 만난겨?"

"아니! 만나서 방금 외삼촌 댁에 잘 도착했어, 아빠! 그냥 엄마 걱정돼서 전화했어. 아무 일 없어 다행이야. 아빠! 그런데 거기 비가 많이 내린다고?"

"응. 많이 내린다니께! 오늘은 일하기 틀렸어! 그냥 네 엄마랑 집에 있어야 쓰겄다. 꽁지 너는 오빠들이랑 외삼촌네서 잘 놀다 오기나 혀! 집 걱정일랑 하덜 말고! 알겄냐?"

"응. 아빠! 잘 있다 갈게. 암튼 혹시 모르니 조심해. 아빠! 엄마도 꼭 조심하라고 해줘!"

입이 방정이었다. 마지막에 '엄마 조심하라'라는 말을 왜 했을까? 그리고 비가 많이 내린다니……. 난 모든 게 다시 원점으로 돌아간 듯한 기분에 아무것도 할 수 없었다. 더군다나 즐겁게 지내려는 마음은 온데간데없어지고 다시 고민거리가 벌레처럼 머릿속을 헤집고 다니는 것 같았으니까.

그날 밤.

외숙모가 한 상 가득 차려주신 저녁상에 눈이 휘둥그레질 만큼 놀라긴 했지만, 난 오빠들처럼 만찬에 마냥 기뻐할 순 없었다. 엄마랑 지지고 볶고 매일 전쟁 치르듯 싸워댔지만, 이상하리만치 이날은 엄마가 간절히 보고 싶었다. 저녁 식사 후 거실에 모여 외삼촌은 그동안 궁금했던 우리 집 안부를 물어가며 오빠들과 함께 즐거운 시간을 보내고 있었지만 난 그 틈에 낄 여력이 되지 않아 조용히 자리만 지키고 있는 상태였다.

그러다 서울 상경에 피곤해졌는지, 다들 모여 떠들고 노는 틈에 난 거실 한쪽 귀퉁이에서 잠이 들었다. 그리고 잠시 뒤 엄마가 그 침대 옆에 서 있는 모습이 보였다. 검은색 레인코트를 입고 비에 흠뻑 젖은 채 무표정한 눈으로 나를 말없이 쳐다보며 말이다. 그 사이 방바닥엔 엄마 몸에서 흘러내린 물이 점점 많아지더니 어느새 내가 누워있던 자리까지 넘쳐 오고 있었다. 그러자 엄마는 낮에 버스에서 꿈꿨던 모습처럼 또다시 재로 바뀌어 버렸고 그 자리엔 엄마가 아닌 다른 이상한 형체가 물보라를 심하게 일으키며 회오리치듯 집안 구석구석을 돌아다니고 있었다.

"으악! 어…… 어…… 엄마! 엄마!"

나는 엄마를 부르는 소리와 함께 온몸을 바둥거리다 꿈에서 깼고 외삼촌이 부들대는 나를 보고 놀란 눈으로 말씀하셨다.

"꽁지야! 또 꿈꿨니? 우리 꽁지 많이 놀랐나 보네! 엄마 꿈꿨어? 아이고 이 녀석! 왜 그러지? 그나저나 누나한테 진짜 무슨 일 있나?"

외삼촌의 말씀이 떨어지기가 무섭게 거실에서 따가운 전화벨 소리가 마치 보란 듯 온 집안에 울려대기 시작했다. 시끌벅적했던 거실 분위기는 나의 악몽 끝에 흘러나온 비명과 때마침 울린 전화벨 소리 때문에 적막이 집안을 잠식시키는 순간이 연출되고 있었다.

그땐 숨도 쉴 수 없었다.

그 누구도 미동조차 할 수 없었다.

정말이지 전화 너머로 들릴 어떤 말들에 대한 두려움에 함부로 전화를 받을 수 없는 상황이었다. 그래도 외삼촌이 제일 어른이라고 잠시 멈칫하더니 한참 울리는 전화기 앞에 가서 천천히 스피커폰을 눌러 전화를 받으셨다.

"여……보……세요?"

"처남인겨? 처남! 큰일 났네! 큰일 났어! 애 엄마가 지금 불어난 냇물에 휩쓸려 떠내려갔어. 여기 시방 경찰도 오고 수색대원들도 와서 열심히 애 엄마 찾고 있는디, 애 엄마를 못 찾는 거 같어! 우리 애들은 놀랄 테니께 암말 말고 처남만 우선 여기 내려올 수 있는겨?"

아빠는 두서없이 말을 전하고 계셨고, 난 너무도 정확한 예상

답안에 모든 걸 원망하며 전화기에 대고 소리를 질러대기 시작
했다.

"아빠! 그게 무슨 소리야? 엄마가 냇가에 왜 갔는데?"

"꽁지냐? 아이고…… 왜 듣고 있었던겨?"

"빨리! 말 좀 해봐, 아빠! 엄마가 냇가에 왜 갔냐고? 이 밤에!"

이번엔 큰오빠가 내 옆에 냉큼 와서는 스피커폰 너머의 아빠
한테 되물었다. 큰오빠의 목소리를 들은 아빠는 차분히 상황 설
명을 하셨다. 아주 냉정하리만치 또박또박.

"아니, 글씨! 비가 억수로 내리니 집 옆 뚝방길이 무너진겨.
그사이에 놀란 흰둥이 한 마리가 크게 짖더라고. 사방이 시끄럽
게 말이지! 그 소릴 방에서 듣던 네 엄니가 흰둥이한테 무슨 일
이 생긴 줄 알고 밖으로 나갔는디……

글씨! 이놈의 흰둥이 녀석이 묶여 있던 줄을 끊고는 냇가 쪽
으로 냅다 뛰어간겨! 그걸 본 네 엄니가 흰둥일 잡으려고 쫓아
가다가 그만 약해진 뚝방길에 미끄러져 물에 빠졌다니께! 나도
네 엄니가 흰둥일 부르며 따라 나가는 소리에 따라나섰는디 그
사이에 네 엄니가 그리 된겨! 굵은 빗줄기에 불어난 냇물이 어
찌나 유속이 빠른지!

그사이 냇물에 빠진 네 엄니는 어디로 흘러내려 갔는지 안 보

이는 거여! 내 힘으론 도저히 어쩔 수가 없어 여기저기 신고하고 찾아볼라 혔는디 안 보여서 지금 애간장이 느무 타는 바람에 네 외삼촌한테 전화한겨! 큰 애야! 동생들 놀랄 수도 있응께 잘 델꼬 있다가 외삼촌하고 같이 내려와야 쓰겄다!

아이고, 이게 뭔일이다냐? 네 엄니 뭔일나면 워쩌? 별일 없겄지? 미치고 환장하겄네! 이 망할 놈의 비 땜시 이게 뭔 사단이다냐? 어찌 됐건 여긴 아빠가 경찰 아재들하고 네 엄니 찾아보고 있을 테니께 날 밝으면 내려오니라! 알겄냐?"

큰오빠는 그래도 큰 자식이라고 아빠의 이야기를 끝까지 들으며 아빠한테 별일 없을 거라고 안심시켜 드린 뒤 아침에 바로 집에 가겠다고 했다. 전화기 옆에 선 나는 귀를 막은 채 울며불며 연신 엄마를 외쳐 대고 있었다. 반미치광이처럼 울고 있는 나를 외숙모가 와서 꼭 안아주셨고, 내가 진정이 안 되자 괜찮을 거라며, 분명 내일이면 좋은 소식이 있을 거라고 말씀하셨다. 나는 두 눈에 눈물을 한가득 머금고 더는 울지 않았다. 울면 엄마가 다신 우리한테 오지 않을 것 같았으니까.

우리 남매와 외삼촌 부부는 아침 일찍 집으로 가려고 했지만 밤새 걱정하느니 차라리 바로 내려가보는 게 낫겠다는 외삼촌의 말씀에 그렇게 하기로 했다. 외삼촌은 우리 남매의 짐을 차에 신고 외삼촌 차로 가자며 모두 차에 타게 했고, 외숙모도 함께 갔다.

집으로 가는 내내 나는 두 손 모아 엄마를 구해달라고 간절하게 기도했다. 그런데 심장은 반대말을 하고 있었다. 그렇게 외쳐대는 심장이 정말 미웠다. 그래도 아니기를 바라며 어느새 우리 동네까지 왔는데 초입부터 차로 올라갈 수 없을 정도로 길은 엉망이 되어 있었다. 그 모습을 보는데 망연자실이 그대로 느껴지는 순간이었다. 엄마를 찾을 수 없겠다는 확신이 들었다. 그 순간 냇가 한가운데에 있는 흰둥이가 눈에 들어왔고 흰둥이 입에 뭔가가 물려 있는 게 보였다.

검은색…… 낯익은 검은색의 그 레인코트가 내 눈을 의심케 했다.

난 그 모습에 바로 흰둥이를 불렀다.

"흰둥아! 흰둥아! 흰둥아!"

흰둥이는 발버둥치며 레인코트를 입에 문 채 물살에 떠내려가고 있었고 그 뒤엔 수색대 아저씨들이 타고 있는 보트가 위쪽 어딘가에서부터 연결된 밧줄에 의존한 채 흰둥이를 따라가고 있었다. 냇물의 소용돌이 속에 흰둥이는 사라졌고 물 위에는 엄마의 레인코트만 둥둥 떠올랐다. 그런데 기이한 건 그다음이다. 흰둥이가 사라진 후 어떤 힘인지 모르겠지만 그 냇물의 소용돌이 중심에서 엄마가 분수처럼 떠올랐다. 그 모습을 보고 물에 뛰어들어 가려 했지만, 날뛰는 모습에 놀란 외삼촌은 내 몸을 잡고 못 가게 막았다.

그런데 분명 엄마는 떠올랐는데 뭔가 이상한 기분이 들었다. 냉하고 시린 느낌? 아주 불쾌하기 짝이 없는 기분에 나는 인상이 일그러지고 있었다. 구조대 아저씨 중 한 분이 엄마를 보트에 잡아끌어 올렸는데 그 또한 괴리감이 들었다. 우리와 다른 모습의 엄마가 보트 위로 구조된 것 같았다. 그걸 본 나는 뒷걸음질쳤고, 우리가 있는 쪽으로 뛰어온 다른 구조대 아저씨 중한 분이 밧줄을 보트 근처까지 던졌다. 그러자 일사천리로 남은 아저씨들이 보트를 끌어당기기 시작했다. 그땐 외삼촌 부부와 큰오빠도 밧줄을 잡아당기는 일에 힘을 보탰다. 엄마가 살아 계시든 아니든 구해야겠다는 생각에 온 힘들이 합쳐지게 되었다. 밧줄을 당기는 힘에 엄마를 태운 보트가 점점 우리 쪽으로 왔고 난 그 자리에 서 있을 수 없을 정도로 다리에 힘이 풀리고 말았다.

보트 위에 맥없이 누워있는 엄마를 봤는데 표정은 다른 데로 향해있는 사람처럼 멍해있었고, 입술은 푸르스름했으며, 피부는 시커멓게 변해있었다. 그 당시 내가 본 엄마의 마지막 모습은 그랬다.

그저 까맣게 변해버린 통나무…….

나는 쭈그리고 앉아 엄마 손을 잡았다. 세상 누구보다 따뜻했던 엄마의 손은 얼음보다 더 차가웠다. 어린 마음이지만 추워 보이는 엄마가 너무도 안쓰러워 '호~'하며 엄마에게 조금이나마 온기를 불어넣어 춥지 않게 해줘야겠다고 생각했다. 눈물도 나지 않았다. 울면 영원히 어디서도 다신 못 만날 것 같았으니까. 그전까지 폭포처럼 쏟아지던 눈물이 막상 엄마의 주검을 보자 덤덤해졌다. 그리곤 난 중얼거렸다.

"엄마…… 꽁지 왔는데…… 꽁지가 엄마 찾았는데 엄마는 왜 거기 있어? 일어나서 빨리 나한테 공부하라고 해야지! 벽돌공장 가지 않게 공부하라고 해야지, 엄마! 싸리비 들고 빨리 나 잡으러 와야지! 빨리 일어나서 나 잡으러 와야 하잖아! 응? 엄마! 일어나! 일어나라고! 일어나라니까!"

이렇게 말한 뒤 난 기억이 없다. 큰오빠 말로는 기절했다고 한다.

한참 만에 깨어나 보니 병원이었고, 엄마를 보내는 마지막도 함께하지 못했다. 어쩌면 엄마가 안쓰러운 마음에 마지막 가는 길을 내게 보이고 싶지 않았던 것 같다는 생각이 들긴 했다. 그런데 그게 너무도 서운했다. 엄마의 마지막을 못 봤다는 게 심장이 시리도록 서운했다. 꿈에서라도 좀 나타나지 왜 인사도 없이 그렇게 갔는지 야속하기만 했다. 그 야속함에 그동안 꾹 참고 있던 나는 갑자기 무너졌다. 눈물이 멈출 기세 없이 쏟아지는데 그걸 굳이 참아내고 싶진 않아서 그냥 울었다. 계속 울기만 하다 잠깐 잠이 들었던 것 같다.

그리고 엄마가 다시 보였다. 이번엔 흰둥이와 함께였다.

한 손엔 그 레인코트를 들고 있었다. 그리고 흰둥이와 약속이나 한 듯 깔 맞춤으로 하얀색 원피스를 입고 있는데 꿈이지만 아빠가 커플룩을 입고 있는 흰둥이와 엄마의 모습에 질투하겠다고 생각했다. 그 생각을 엄마가 읽었는지 환하게 웃으며 아빠도 아마 이해할 거라는 뉘앙스의 고개 답을 하셨다. 보기는 좋았다. 평온한 모습으로 마지막 인사를 하러 온 것 같아서 서운했던 마음은 눈 녹듯 사라졌다. 엄마와 그렇게 작별 인사를 하고 내 인생은 180도 바뀌었다.

꽁지라는 별명이 무색할 정도로 죽을힘을 다해 공부했고 그결과 우리나라 최고 대학에, 그것도 수학과에 당당히 합격했다.

나중에 엄마를 만나면 다시는 꽁지라는 소린 안 듣겠지? 게다가 임용고시도 합격해서 학교 선생이 되었으니 난 이제부터 당당해져도 될 것이다. 예지몽이라는 걸 처음이자 마지막으로 꿨지만, 인생의 행로를 바꾸게 된 좋은 계기이긴 했다. 다만 엄마를 잃은 슬픔은 컸지만 말이다. 전교 꼴찌가 전교 1등을 해서 엄마의 소원 풀이는 확실하게 해드렸으니 평생 엄마 한은 완전 소멸이겠지?

'엄마! 하늘에서 꽁지 잘 지켜보고 있는 거지? 나…… 잘하고 있는 거지? 다음에 만나면 칭찬해줘. 잘했다고! 아니, 잘하고 있는 거라고! 앞으로도 촘촘히 지켜봐 줘야 해!'

나지막이 맘속으로 엄마에게 기도하며 다음을 기약해보려고 한다.

그래도 되는 거겠지?

엄마의 소원을 들어드리고자 노력했던 선생님의 마음이 고스란히 느껴지는 이야기였고 이야기를 들을 당시에 그저 '슬프다'라고만 생각했는데 세월이 지난 지금 이야기를 끄집어내어

쓰다 보니 희로애락이 남들보다 굵직하게 있었다는 생각이 든
다. 또한 멋진 삶을 살고 계신 선생님께는 무한 존경과 끝없는
응원을 보내드리고 싶다. 물론 지금도 충분히 존경받고 계시긴
하지만.

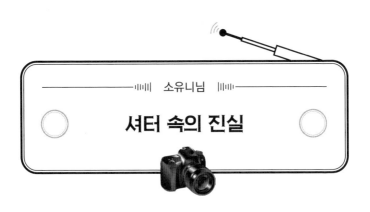

소유님

셔터 속의 진실

부모님께서 부부 동반 모임에 나가셨다가 지인분께 듣게 된 이야기이다.

대학교 1학년 여름 난 사촌 형들과 함께 시골의 한적한 계곡 으로 캠핑을 갔다. 대학에 입학해서 맞이하는 첫 여름방학과 함 께한 여행이기에 한껏 기대하는 마음이었다.

그렇게 좋냐며, 두 살 터울의 남동생이 부러움으로 나를 바라 봤던 모습이 아직도 눈에 선하다. 하얀 피부에 암갈색의 홍채가 도드라져 보이는 눈, 밝은 햇살 아래서 보면 신비감 가득한 눈동자였다. 그리고 또 하나, 내 동생의 눈은 제2의 세상을 볼 수 있었다.

다른 세상의 사람들을 보는, 손에 닿을 수 없는 곳에 있는 사람을 보는 눈!

동생은 영의 세계를 볼 줄 아는 귀한 눈의 소유자였다.

하지만 이것이 동생을 본 마지막 순간이었다.

사촌 형이 운전했던 자동차와 마주 오던 대형트럭이 정면충돌하는 사고로 인해 나의 운명은 바뀌고 말았다. 제자리에서 맘껏 뽐내며 자랑하듯 있어야 할 내 두 눈을 현실에서 사라지게 했기 때문이었다. 단 1%의 여유도 없이 모조리 앗아가고 세상을 원망으로 가득 차게 했던 내 눈. 그 원망들로 인해 나의 삶은 사선으로 빗겨 나가고 있었다.

그 사선의 맞은편에서는 두 눈에 감긴 붕대만이 쓸쓸히 마중 나온 상태였다. 두려웠다. 너무도 깜깜한 세상을 마주할 자신도 없었다. 나약해진 내 자신과 마주할 자신은 더더군다나 없었다. 오로지 혼란만이 병실을 가득 메우고 있을 뿐이었다. 그리고 시간은 야속하리만치 하염없이 흘러만 가고 있었다.

'이런 젠장! 난 이제 어떻게 살아가야 하는 거지? 이 암흑 속 세상에서 오로지 손끝만을 의지한 채 살아가야 한단 말인가?

미친 세상! 차라리 그때 죽기라도 하지, 뭐 한다고 살아남아서
는……. 그래도 마음 한쪽에선 살겠다고 외쳐대고 있으니 역겹
다. 사는 게……. 아니, 숨구멍으로 공기가 들어오는 게 역겹다!'

절망과 생각 속에서의 외침만이 나를 더 움켜잡고 더욱더 거
칠게 냉지로 몰아가고 있었다. 한참을 침통하게 모든 것들과의
인연을 끊어 내며 나만의 세상 속에서 십수 년을 살아가고 있었
다. 점점 핏줄기는 말라가고 나의 강건했던 뇌 구조들은 퇴화하
여 흔적조차 찾을 수 없었다. 온몸의 신경들만이 살아서 여기저
기에 날 선 깃대가 꽂힐 자리를 찾는 중이었다.

'이 더러운 기분들을 어쩌지? 매일 내 안에 갇혀 무기력한 식
충이 되어가는 나를 어쩌지?'

점점 더 못난 생각들로 나를 잃어가고 있는 일상들에 신물은
더 가세가 되어 가혹한 상처들을 세차게 긁어내고 있었다. 그땐
내게 가족도 필요 없었다. 그저 거추장스러운 장식품으로만 여
겨질 때였으니까.

그래서 난 가족을 떠나 깊은 산속 버려진 암자에 꼭꼭 틀어박
힌 채 밖의 세상과 아예 연을 끊고 말았다. 솔직히 이렇게 살다
가 죽어도 좋겠다는 생각에 친구 승현의 도움을 받아 칩거 생활
을 하는 중이었다. 물론 승현을 제외한 누구에게도 내가 있는 곳

을 알리지도 않았고, 승현에게도 당부를 해놓은 상태였다.

그렇게 죽을 날만 받아 놓은 사람처럼 시간만 보내고 있던 어느 날, 못된 생각들로만 가득 찬 나에게 준서가 찾아왔다. 어떻게 알았는지 불쑥 내가 있는 곳에 와서 먹을 거며, 이불이며, 세간들을 챙겨주기 시작했다. 반갑기도 했지만, 겉으론 쓸데없는 짓을 한다며 준서에게 온갖 짜증과 투덜거림으로 뜨거운 형제애를 비뚤어지게 표현하고 있었다.

그걸 가만히 받아들이고 있는 준서, 착한 내 동생. 그동안 머저리처럼 굴던 나를 살뜰히 수발들며 형제의 끈을 놓지 않으려고 했던 게 준서였다.

가엾은 녀석, 그래도 내가 형이라고…….

부모님 몰래 내가 있는 곳에 드나드는 준서에게 어느새 난 의지를 하고 있었다. 가랑비에 옷이 젖듯 준서의 마음 씀씀이에 말라비틀어진 내 마음에도 조금씩 파룻한 새싹이 돋아나고 있었다. 그렇게 준서의 또 다른 정에 나를 맡기며 시간은 다시금 흘러갔다.

이젠 농담도 하고 웃기도 하며, 집에 돌아가는 준서의 빈자리가 아쉬워 어느 날엔 내 집에서 자고 가라고 더듬더듬 말을 던졌다.

"형! 정말 자고 가도 되는 거야? 그럼 나야 좋지! 형하고 간만
에 술이라도 한잔하고 싶다. 내가 내려가서 막걸리 좀 사 올게.
아! 그리고 형! 형에게 줄 게 있어. 일부러 집에서 챙겨왔어. 형
도 만져보면 좋아할 거야."

준서는 주섬주섬 가지고 온 보따리들을 풀더니 내 손에 차가
운 뭔가를 쥐여 주었다. 그건 낯익은 물건이었다. 그걸 만지는
순간 내 마음은 다시 뒤틀려지고 있었다. 냉랭함이 온기를 밀어
재끼고 있던 것이다. 어쩌면 그건 두 번 다시 볼 수 없는 내 보
물일 텐데 내 손아귀에 쥐어진 그 느낌은 절망으로만 다가왔다.
급기야 싸늘함으로 마음이 먹먹해졌고, 이내 무미건조한 질문
들로 동생에게 말문을 열었다.

"이게 뭐냐? 뭔데 이걸 내 손에 쥐여 주는 건데?"

"형! 그건 형이 가장 아꼈던 사진과 카메라야. 기억하지? 푸
른 들판에 꽃들이 만발하게 피어 있는 천국의 사진. 그걸 형이
카메라로 찍었잖아. 난 형이 그때의 마음으로 돌아갔으면 좋겠
어. 눈은 보이지 않지만, 마음속으로 사진을 보고 느껴봐. 그리
고 사진도 찍어보고. 보이지 않아도 찍을 수 있을 거야."

그동안 녹았던 마음에 다시 얼음 한 사발을 들이붓는 것만 같
았다.

"무슨 개소리야? 누구 놀려, 자식아? 내가 뭘 볼 수 있는데? 내가 뭘 느낄 수 있는데?

나 같은 송장이 뭘 본다는 건데? 꺼져라! 더 비참하게 만들지 말고 꺼져!"

난 매서운 칼바람으로 동생의 멘털을 두들겨 팼다. 동시에 나 스스로에게도 몽둥이질해가며 동생의 자리를 지우고 있었다. 내 곁에 다가오지 말라는 나만의 신호탄이었다. 그와 동시에 난 내 손에 쥐여 준 액자를 차디찬 바닥으로 매몰차게 던졌다. 그 순간 고꾸라지며 산산이 조각난 유리 파편이 내 마음을 역으로 후벼 파고 있었다. 기세를 몰아 이번엔 카메라마저 던지려고 하자 준서가 내 팔목을 거칠게 잡아당겼다. 그리고는 눌린 울음으로 다시 엉킨 내 마음을 풀어내려고 애를 쓰고 있었다. 한참을 울던 준서는 지친 목소리로 뜻밖의 말을 슬쩍 건네며 웃음 섞인 아니, 정확하게는 희망의 미소가 섞인 목소리로 나에게 천천히 말했다.

"좋아하는 사진을 꼭 다시 찍게 해줄게.

형에게 예전처럼 바깥세상을 보게 해줄 거야.

그러니까 절대로 좋아하는 거 손에서 놓지 말아줘……."

이것이 두 번째로 기억하는 내 동생이다.

그렇게 애잔해 하던 준서는 나의 불호령에 그 길로 쫓겨 내려갔고, 다시는 날 찾아올 수 없었다. 이번엔 동생이 사고를 당했고 그렇게 준서는 이 세상을 떠나고 말았다. 준서의 마지막 말에 못나게 굴던 나 자신에게 너무도 화가 났다.

'나쁜 자식! 아무리 내가 못났어도 그렇게 가면 안 되는 거 아닌가?'

소리 없는 원망이 나를 더 바닥으로 떨어지게 했다. 유난히 눈이 부셨던 내 동생이다. 그런데 이 녀석에게 더는 어떤 투정도 어떤 반가운 기색도 할 수 없다.

'미련하고 못난 자식! 휴……. 평생 내게 대못을 박아버린 세상 나쁜 자식! 왜 그랬니?'

그렇게 속을 들춰내서라도 잡아 오고 싶은 심정이었다. 그래도 이번엔 욕심 좀 내고 싶지만 이젠 욕심을 부릴 만한 내 동생은 그 어떤 자리에도 없었다. 내 동생의 부재……. 이것은 너무 뜻밖의 일에서 비롯되었다.

이 녀석은 나에게 당부 섞인 말을 하고 얼마 후 친구들과 경기도로 여행을 떠났던 모양이다. 동생 친구의 말에 의하면 그 일대를 돌며 감악산에도 가보자고 했다는 것이다. 그 지역 또한 절경이라 아는 사람들만 찾는 곳이기도 했다. 녹음이 짙게 깔린

검푸른 산등성이와 잘 닦인 도로는 산세를 느끼기에 충분한 곳이라 들었다. 그곳을 먼저 가보자고 했던 게 내 동생 준서란다.

다들 기분 좋게 여행길에 올랐지만, 형제의 지독한 운명은 쓸데없는 데서 닮아 있었다. 사고. 그것도 똑같은 교통사고였다.

하늘도 무심하시지…….

우리 부모님껜 달랑 두 아들뿐인데 이럴 순 없지 않은가? 나는 동생의 사고 소식을 듣고 치밀어 오르는 울렁거림을 참을 수 없었다. 당시에 들은 모든 일은 토악질이 날 만큼 내가 감당하기에도 버거웠다. 무슨 일인 것인지…….

내 친구가 전해 준 소식은 이랬다.

준서와 가장 친한 대영이가 운전했던 차가 중앙선을 넘은 상대 차와 충돌한 것이다. 더 당황스러운 건 가해 차량 운전자는 사고 전에 이미 심장마비로 죽어 있었다는 것이다. 운전하는 상태로 말이다. 그 때문에 행로를 잃은 차가 넘어 온 것이었고, 상대 차의 가속이 주체할 수 없을 정도였기에 내 동생이 탄 차량은 미처 피할 수도 없었다. 얼마나 세게 받았는지 두 대의 차량은 형체를 알아볼 수 없었고, 준서가 타고 있던 차의 생존자는 단 한 명뿐이었다고 한다. 살아 있었다는 것도 기적이다. 워낙 큰 사고였으니까.

하지만 내 동생과 대영이는 한날한시에 운을 달리하고 말았다. 그런데 사고보다 더 기막힌 건 준서가 이미 장기 기증을 신청해 놓고 나중에 형인 나보다 먼저 세상을 떠나면 꼭 자신의 각막을 내게 이식해주라는 이야기를 했다는 것이다. 그 이야기를 부모님께서 해주시는데 난 아무 말도 못 하고, 가슴 쓰린 눈물로 대답을 대신하고 있어야만 했다. 그나마 자존심을 지키며 남아 있던 일말의 내 아집이 무너지는 순간이었다.

멍청한 자식, 내가 뭐라고…….

한숨과 절망 가득한 소식이었다.

각막 이식에 대한 소식을 접한 후 부모님의 긴 설득 끝에 나는 어려운 결정을 내렸다. 더불어 동생의 눈과 함께 세상을 보며 그 눈으로 세상을 양껏 담아주기로 한 것이다. 이식을 결정하고 난 뒤 모든 일은 순차적으로 무사히 잘 진행되었다. 저 너머 어느 지점에서 내 동생 준서가 날 지켜주며 바라봐주고 있었는지 나는 동생의 눈에 잘 적응해 나가고 있었다. 처음부터 내눈이었던 것처럼 너무도 깔끔하고 선명하게 세상이 보이는 것이다. 또다시 뜨거운 뭔가가 심장 저편에서 울컥하며 쏟아지고 있는 듯했다. 준서의 눈으로 바라본 세상은 준서만큼이나 눈부시게 아름다웠다. 이 감격을, 이 벅참을 내 생이 끝날 때까지 준서와 늘 함께하리라 다짐하며 나의 생활은 평화 속으로 되돌아가고 있었다.

그동안 엉망이었던 세월을 다시 원상 복귀시키는 데는 많은 시간이 소요되진 않았다. 나는 예전으로 돌아가 부모님과 생활하며 틈틈이 내가 좋아하던 일들을 다시 이어 나가기 시작했다. 소소한 일상들 속에서 그동안 느껴보지 못한 고마움과 행복이 분에 넘치도록 내 주변에서 나를 이끌고 있었다. 새로운 눈을 갖게 된 후 나는 조금씩 또 다른 새로움을 느낄 수 있고 볼 수 있는 힘이 스며 나오기 시작했다. 과할 정도로 쓸데없는 힘이었다. 그 이상함에 힘을 보탠 것이 있었으니 그건 바로 카메라다.

달라진 내 인생에 찬연한 공을 세웠다고 할 만한 카메라는 잠들어 있던 나의 열정에 불을 댕겨 나를 전국 각지로 떠돌게 만들었다. 그 작은 세상에 큰 세상을 담아낼수록 나만이 느끼는 희열은 차고 넘칠 만큼 나를 카메라 속에 더 흠뻑 빠지게 했다. 거기에 걸맞게 카메라의 사진 속에는 시간이 지날수록 의도치 않은 모습들이 담기고 있었다.

그 모습은 바로 여인.

어느 날부턴가 낯선 여인의 모습이 흐릿하게 자연과 뒤섞여 찍히기 시작했다. 시간, 장소는 모두 달랐지만, 사진 속에 드나

드는 여인은 자신이 향하고자 하는 목적지로 가는 것처럼 보였다. 분명 사진을 찍을 땐 산이나 강, 호수와 같은 자연이었는데, 대체 이 여인은 어디서부터 따라왔단 말인가? 인화된 사진들을 쭉 늘어놓고 가만히 보고 있으니 뭔가 이상해 보인다. 여인의 모습이 얼굴부터 몸과 다리 순으로 점점 흐릿해지다 다시 어느 장소쯤이 되면 다리부터 머리까지 조금씩 찍혀 있는 것이다. 물론 뚜렷하게 구분되는 것은 아니었다.

그러다 갑자기 내가 뭘 보고, 뭘 찍은 건지 의문이 들었다.

'대체 이 상황은 뭘까? 설마 동생의 각막을 이식받았다고 나한테 뭔가를 볼 수 있는 능력이 생긴 건 아니겠지?'

우연의 일치라고 여기고 싶은 순간이었다. 이런 의심스러운 텁텁함에 매일 미친 듯 자연과 함께하는 날들이 더 잦아지고 있었다. 어쩌면 이것은 그 여인을 찾아내기 위한 나의 조바심이 아닐까 싶었다. 여전히 틈만 나면 카메라를 들고 자연으로 달려 나가 있는 나. 미친 듯 셔터를 눌러대고 있다.

[찰칵. 찰칵]

그날따라 연신 눌러대는 셔터 소리가 경쾌하게 들렸다. 한참을 무아지경으로 카메라 속 세상에 들어가 있을 때쯤 어디선가 나타난 여인이 그 안에서 보이기 시작했다. 이번에는 여인을 놓치고 싶지 않다는 생각에 셔터를 누르는 손이 바빠지고 있었다. 여인의 동선에 맞춰 찰나를 포착하려는 과한 욕심에 손목이 아리듯 아팠다. 하지만 나의 여인에 대한 광분 섞인 집착은 지칠 줄 모르고 셔터에 힘을 가하고 있었다. 이런 나의 열정을 그 여인이 알았던 것일까? 줄기차게 누르던 카메라 소리에 그 여인은 갑자기 걸음을 멈추더니 이내 자리에서 사라져 버렸다.

나는 셔터를 눌러대던 손을 멈추고 서서히 카메라를 내렸다.

없다.

아무도 없이 주변은 고요했고, 바람 소리만 휑하니 들려오고 있었다.

'그럼 그렇지! 내가 뭘 잘못 봤을 거야. 없던 능력이 불시에 생긴다는 건 말이 안 돼. 그런데 사진에서 보인 그 여인은? 찍혔 잖아! 카메라에 찍혔는데 그렇다면 이것은?'

착각을 나만의 타당한 합리화로 만들고 있는 순간, 이번엔 카메라 속에서가 아닌 실제 내 눈앞에 여인이 나타났다. 누군가를 찾는 듯한 표정 그리고 점점 사라지는 얼굴. 그러다 갑자기 내 눈 밑에 다가온 여인. 난 혼쭐이 난다는 말의 뜻을 절감하며 뒤로 몸이 고꾸라지고 있는 상태가 되었다.

"아아악! 뭐…… 뭐…… 뭐야!"

질퍽해진 그녀의 모습에 그만 나도 모를 소리가 튀어나왔다. 사내답지 못한 나의 발악에 비웃기라도 하듯 여인은 웃음을 짓기 시작했다.

[깔깔깔!]

나의 놀라는 반응에 한참을 재밌게 웃던 여인은 단번에 웃음기가 사라지고 표정은 일그러지듯 어두워지더니 어딘가로 향해 손을 번쩍 들어 보였다. 난 그녀가 가리키는 손끝을 바라보며 그곳이 어딘지를 눈으로 따라가고 있었다. 먼 산등성이 너머 자리한 곳, 숲이 우거진 그곳 너머를 가리키는 그녀의 손동작은 잠시 멈칫하더니 다시 어디론가 사라져 버렸다. 나는 잠시 멍하니 제자리에 있었다.

그 여인이 전하는 메시지의 의미를 도무지 알 수 없는 상태에서 어리둥절함만이 주위를 에워싸고 있는 듯했다. 그냥 잠시 꿈을 꿨을 뿐이고, 그냥 잠시 뭔가에 한눈을 팔았을 뿐이고, 그냥 잠시 여인을 보고자 하는 간절함에 허상이 보였을 뿐이라고 믿고 싶었다. 이런 시간들과 현상들은 생각 밖으로 자주 반복되고 있었다. 혼란스러웠다.

대체 그녀는 내게 뭘 말하려는 것일까? 생각의 꼬리가 끊어지지도 않고 연이은 그녀와의 만남과 사진 속 모습에 버거워지는 일상이 지속되자, 그걸 잠시 잊고자 하는 마음이 강하게 일렁이고 있었다.

그러다 불현듯 동생이 죽어갔던 그 장소, 바로 감악산이 눈에 아른거리기 시작했다.

아마 동생의 마지막 체취가 묻어 있는 곳이기에 무조건적인 끌림이 나의 심장을 뛰게 했을지도 모른다. 생각이 동생에게로 미치자 더는 주저하고 싶지 않았다. 무작정 그길로 동생의 슬픔이 가득했던 곳을 향해 달음질을 시작했다. 자동차에 시동을 걸자 사람도 아닌 물체가 나보다 더 준서를 그리워했다는 듯 그날따라 움직임도 날렵하게 느껴지도록 쌩쌩거리며 그곳으로 갔다.

'준서야, 내 동생! 이런 곳에서 네가 마지막을 보냈구나! 이 형이 못나서…… 이 형이 지은 죄가 많아서 너를 이런 곳에서 보내게 됐나 보다. 그런데 못난 형이 끝까지 못나서 너를 지키지 못하고 염치없이 이렇게 너를 만나러 왔어. 많이 미안했……'

산을 보며 동생에게 마음을 전하려던 순간, 갑자기 내 눈앞에 그 여인이 보이기 시작했다. 나의 동공은 여인의 재빠른 움직임에 혼란스러워하고 있었다. 그리고 다시 뭔가를 찾는 것 같던 그녀는 순식간에 산속 어딘가로 사라지고 없었다. 혼란스러움과 당황스러움이 혼재된 채 나는 재빨리 카메라를 집어 들었다.

그리고 그 여인이 사라진 방향 쪽으로 셔터를 숨죽이며 누르기 시작했다.

잠시 뒤 다시 카메라 너머로 여인의 모습이 보였다.

이번엔 얼굴 없이 몸통만 보인 채 손으로 어딘가를 가리켰다. 내 눈은 머리 없는 여인의 손끝을 향하고 있었다.

대체 뭘까?

다시 숨을 길게 내쉬고 그 끝에 뭐가 있는지에 대한 답을 찾으려는 듯 내 두 다리는 벌써 그곳에 가 있었다. 몸은 한 템포 느리게 반응했다. 더디게 움직여 간 곳은 나무가 빼곡히 이어져 있었다. 그 숲 중앙에 조그맣게 올라 온 봉분이 보였고 뭔가 섬뜩함이 느껴졌다. 게다가 특이하게도 주변에 하얀 조약돌들로 에워싸여 있었고, 그 앞에 나뭇가지로 엉성하게 만든 십자가가 봉분 위에 꽂혀 있었다. 내 눈은 묘한 떨림과 흥분으로 가득 차 봉분을 보고 있다기보다는 마성 속에 빠져들어 가는 듯했다.

'이게…… 뭐지? 무슨 무덤인가? 그러기엔 너무 작은 것 같은데? 이걸 파봐야 하나? 그냥 둬야 하나?'

내 손은 이미 봉분의 십자가로 향하고 있었다.

[안 돼! 건들지 마! 건들지 마! 내 거야! 내 거라고!]

가녀린 여인의 목소리가 산울림으로 변해 내 등을 세게 치고 있었다. 난 소리에 맞춰 수그렸던 몸을 돌려 뒤를 돌아보았다.

다리 끝부터 보이는 여인.

여기저기 푸르스름한 멍 자국과 움푹 팬 피부 사이로 그녀의 울부짖음이 절절하게 느껴지고 있었다. 그리고 섬광처럼 보이는 여인의 과거가 10초 단위로 끊어지며 눈앞에 떠오르고 있었다. 험상궂게 생긴 남자에게 맞는 장면과 젊은 아낙에게 욕지거리를 들으며 머리채가 뜯기는 장면. 게다가 훨훨 타고 있던 화롯불을 여인에게 던지는 장면까지……. 인간에게 자행되기에는 너무나도 잔인해 보였다. 더군다나 좀 더 뻗어가며 보인 모습은 가히 충격적이었다.

시대를 거슬러 올라간 느낌의 세상.

낡은 모습의 마을에서 제복 입은 남자들이 떼로 몰려다니며 사람들을 잡아 목을 베어 나무 꼬챙이에 꽂아 둔 뒤 마을 초입에 걸어두는 것이었다.

한 개,

두 개,

수십 개.

잘린 목을 걸며 낄낄거리는 그들은 벌을 받아야 할 미친놈들이었다. 무엇보다 당황스러웠던 것은 그 미친놈들이 꽂아 놓은 얼굴들 속에 그녀의 얼굴도 같이 걸려 있는 것이다.

"으아악! 이게 무슨…… 대체 무슨!"

십자가로 향했던 내 손끝에선 상상을 초월한 장면들이 나를 그 자리에 묶어두고 있었다. 난 더 이상 그 자리에 있을 수가 없었다. 들고 있던 카메라를 사선으로 둘러메고 허겁지겁 그 산속을 구르듯 내려왔다.

"휴……"

막혔던 숨이 그제야 뻥 뚫리는지 입에서 한꺼번에 흘러나왔다. 나는 황급히 차에 올라 숨을 가다듬은 후 좀 전의 일들에 대해 정리하듯 생각하기 시작했다. 여인이 나를 감악산으로 이끌고 온 듯한데 그렇다면 자신의 끔찍스러운 죽음과 그녀가 살았던 시대의 모습들을 내게 보여주고 싶어서 이곳으로 불러들인 것일까? 부리나케 올라온 그날 밤, 난 카메라를 보며 다시 원망스러움이 느껴졌다. 지금껏 내게 보인 모든 게 이 카메라 때문이라고 여겨졌다. 생각이 거기에 미치자 더 이상 카메라를 곁에 두고 싶지 않다는 결론에 그만 카메라를 바닥에 내동댕이치듯 던져버렸다.

그런데 그때, 내 귓가에 희미하게 울리는 여자의 비명 소리가 들려 왔다.

누군가 살려달라는 소리처럼······.

나는 귀를 탁탁 치며 잘못 들은 소리라 여기고 부서진 카메라가 있는 곳에서 나와 다른 방으로 잠을 청하러 들어갔다. 뒤척이다 간신히 잠이 들었는데 꿈속에서 그 여인이 구슬피 울며 나를 원망하고 있었다. 그리고 등을 돌려 가는 여인의 모습에 뭔지 모를 슬픔 가득한 눈물이 눈꼬리를 타고 귓불까지 흘렀다.

그렇게 세월이 흘렀고, 2019년 새해가 되자 한참 동안 나타나지 않던 그 여인이 다시 보이기 시작했다. 하지만 이번엔 얼굴은 보이지 않고 단지 몸만 보이는 상태였다. 보이지 않는 얼굴이었지만 슬픔으로 가득 차 있음은 그대로 느껴졌다. 이렇게 나타나기를 수개월, 어느 날엔 모습을 다 드러내며 어디론가 손끝을 향한 채 말했다.

[막아야 해요! 막아야 해! 큰일 나요! 빨리 그곳에 가봐야 해요. 거기요!]

여인은 울먹이는 소리로 내게 말했고 나는 뭘 막아야 하는지 물었지만, 그녀는 이 말만 하고 조용히 사라져 버렸다. 여인은 시시때때로 나타나 내게 말해줬지만 난 대수롭지 않게 여기고 있었다.

그해 뉴스에서 목 없는 젊은 여자의 시체가 발견됐다는 소식이 보도되었다. 사망한 지 50여 일이 되었다는 내용도 함께였다. 하지만 놀란 건 젊은 여인의 시체에 관한 것만은 아니었다. 사체가 발견된 장소가 바로 감악산이라는 것이다. 수십 년간 환영처럼 보였던 고시대 여인의 말이 예언이었다는 걸 그제야 깨달은 순간 내 뒷골은 싸해지고 있었다.

하지만 내가 안다 한들 뭘 어찌할 수 있는 건 아닌데 이 여인은 내게 왜 이러는지 알 수 없었다. 도돌이표 같은 이 기분을 이젠 그냥 털어낼 수 없어 잘 아는 절의 스님께 나의 세월을 모두 훑어내듯 말했다. 스님은 아무 말 없이 한참을 자리에 앉아 계시기만 했다. 그리고 조심스럽게 정리된 생각을 조금씩 풀어내셨다.

여인은 일제시대 때 살았고, 지방의 어느 부잣집에서 일을 했던 여종이라고 했다. 바깥 주인에게 몹쓸 짓을 당하고 그걸 알게 된 안주인이 그녀에게 해를 가했다는 것이다. 문제는 그 주인집이 친일적 성향이 강했다는 것인데 자신의 손으로 그 여인을 죽게 하는 게 싫었는지 마을의 범죄자 처형식에 그 여인도 죄인이라고 일본 헌병에게 신고해 안타까운 죽임을 당했다는 것이다. 얼굴만 나무에 걸어둔 채 몸은 일본 헌병 조무래기들이 다 태워버렸다니 기가 막힐 노릇이다. '한'이라는 게 크게 맺힐

법도 한 건 당연지사가 아닌가.

게다가 그 현장에서 여인의 죽음을 지켜만 봐야 했던 한 남자가 있었는데 그게 내 동생 준서라는 것이다. 그건 준서의 전생이었다고 말씀하셨다. 뿐만 아니라 그 여인과 사랑하던 사이라는 말도 덧붙이셨다. 아마 준서가 죽기 전까지 그 여인을 봤을 거라고…….

게다가 봉분을 만들어준 것은 전생의 준서이고, 조약돌과 십자가를 봉분 위에 만들어준 것은 현세에 살았던 준서가 한 일인 것 같다는 것이다. 그런데 그 눈을 준서에게 받은 것이니 내 눈에 여인이 보이는 것은 당연한 일이고 그 눈빛을 따라 여인이 온 것이니 너무 야박하게 대하지 말라고 당부까지 하셨다. 내 옆에서 나를 보살펴 주는 것이라고……. 천도의 시기도 놓쳤고, 천상에서도 여인의 거처를 찾지 못하고 있으니 아직도 구천에서 떠도는 건 어쩔 수 없는 일이라 하셨다.

또한 누군가를 찾는 듯한 모습은 내 동생 준서를 찾아다닌 거라는 말씀까지……. 모든 게 뜬구름같은 말이지만 묘하게 맞아떨어져 '거참!'이라는 탄식이 절로 나왔다. 그리고 자신처럼 죽어가는 이가 있다면 살리고 싶은 간절한 마음에 내게 나타나서 막아달라고 한 거라니 둔하게 반응했던 나로서는 개탄을 금할

길도 없었다. 뭘 할 수는 없었지만, 최소한 구하기라도 하지 않았을까 하는……. 그 시대 여인의 사연을 자세하게 알고 나니 측은한 마음이 더욱 커졌다. 나중에 복합적인 마음을 담아 천도할 시기가 되면 나도 함께해야겠다는 생각도 더불어 하게 됐다.

준서의 눈으로 여인을 보내줘야 하는 게 도리이기도 하고 또 잠시지만 나에게 준서의 전생을 알게 해준 것에 대한 고마움의 표식이라는 생각에 덤덤하게는 못 보낼 것 같았다. 사고로 나의 두 눈을 잃고, 동생이 주고 간 두 눈을 통해 바라본 세상 속에서 만난 뜻밖의 여인. 그녀는 아픈 시절을 살다 갔지만 언젠가는 준서를 찾지 않아도 될 세상을 만났으면 좋겠다. '한'이 없는 세상, 온통 분홍색만 가득한 세상에서 말이다.

부모님 지인 분의 사연은 여기까지다. 이 사연에 놀랐던 건 보통 장기 이식을 받고 난 후 간혹 기증자의 삶을 사는 경우를 보긴 했는데 동생의 각막 기증으로 인해 새로운 인생뿐만 아니라 영안도 같이 생겼다는 것에 신기해하며 들었던 기억이 있다.

무엇보다 뉴스로 접했던 감악산에서 일어난 목 없는 시체 사건을 묘령의 여인이 미리 알려줬다는 사실이 가장 충격이었다. 당사자는 얼마나 놀랐을까? 모든 것이 안타까울 뿐이다.

한 가지 좋은 소식은 그 여인의 유골을 찾아 화장한 뒤 유골함에 넣어 동생이 있는 납골당에 함께 안치하였고 천도도 잘 진행되었다는 소식이었다.

그런데 또 기묘한 일이 있었다. 세월이 한참 지났지만, 유골의 형태가 거의 변함없이 땅속에 있었다는 것이다. 풍파를 잘 견디며 동생을 기다린 것일까? 그리움에 머리라도 남아 사랑을 이루고 싶었던 것이 아닐까 생각한다.

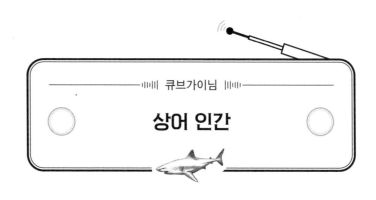

상어 인간

베트남에서 생활할 당시 현지인 여자 친구의 오빠에게 들은 소름 끼치는 이야기이다.

그는 현재 작은 페인트 가게를 운영하고 있다. 4년 전 그 사건이 없었더라면 그는 지금도 그때 했던 일을 했을 것이라고 한다.

6년 전 그는 해양 구조 요원 자격증을 취득하고 고향 다낭의 미케 비치에서 해양 구조 요원으로 1년을 일했다. 하지만 다낭에 관광 온 외국인들이 많은 탓에 정작 미케비치는 그저 아름다운 바다 풍경을 보는 장소였을 뿐이었다. 어쩌다 물놀이를 하는 사람을 가끔 보긴 했지만 그건 극소수에 불과했다. 그래서 그는 1년간 다닌 직장을 그만두고 호이안으로 갔다. 그곳에도 해변이 있었는데 안방 해변이었다.

호이안에는 유명한 해변이 두 곳 있는데 하나는 끄어다이 해변이고 나머지 하나가 안방 해변이다. 어쨌든 그곳은 사람이 정말 많았고, 그만큼 사고도 자주 일어나는 곳이었다. 따라서 그를 필요로 하는 사람들이 많았다. 이곳에 새로 들어간 지 6일 차 되는 날 그는 선배에게 한 가지 이야기를 들었다.

이곳에 인어가 있다는 이야기였다.

안방 해변에서 근무하는 해양 구조 요원이라면 누구나 알고 있는 이야기였다고 했다. 하지만 동화 속에 등장하는 인어공주와는 다르게 이 인어는 하체가 상어와 같고, 인육을 즐긴다고 했다. 사람을 홀려 물속으로 끌어들인 후 잡아먹는다는 것이다.

이런 이야기는 어디를 가도 꼭 한 가지씩 있는 신화 같은 이야기였기에 그는 대수롭지 않게 넘겼다. 차라리 폰티아낙(죽은 임산부의 원귀) 같은 귀신이 출몰한다고 하면 그나마 신빙성이 있다고 생각했다. 그는 그저 이곳에 돈을 벌기 위해 온 것뿐이었고 위험에 처한 사람들을 구하기 위해 온 것뿐이니 자신과는 전혀 상관없는 이야기라고 생각했다.

그는 그렇게 4년 동안 그곳에서 근무했다.

그러다가 여느 날과 마찬가지로 해변을 돌며 순찰하던 도중 바다에 빠져 허우적대는 사람을 보게 되었다. 그 사람은 부표를 넘어가 있었다. 부표 밖은 상당히 깊어 매우 위험한 곳이었다. 하지만 호기심과 자만이 가득한 몇몇 사람들은 자신이 강하다는 걸 증명이라도 하듯 호기롭게 부표 밖으로 나갔다. 그렇게 되면 10명 중 7, 8명은 목숨을 잃는 경우가 많았다. 물에 빠져 허우적대는 저 사람도 그중 하나였을 것이다.

하지만 구조대원으로서 그런 사고를 방관할 순 없었다. 당시 그는 물에 빠진 사람과 비교적 멀리 떨어져 있어서 가까운 동료에게 빠르게 무전을 했다. 그가 알려준 위치로 보트를 탄 다른 요원이 물에 빠진 사람을 구출하러 갔으나 바로 앞에 사람이 있는데도 그냥 지나쳐 갔다. 그는 보트를 타고 바다로 나간 동료에게 다시 무전을 했다.

"바로 앞에 사람이 있는데 왜 구조하지 않는 거죠?"

그러자 동료가 답했다.

"사람이 어디 있습니까? 저도 지금 이 일대를 둘러보는 중인데 사람은 없습니다."

하지만 그런 무전을 하는 와중에도 여전히 물에 빠진 사람은 허우적거릴 뿐이었다. 그는 보다 못해 고무보트를 타고 물에 빠진 사람에게 달려갔다. 일촉즉발의 위기 상황이었기 때문에 물에 빠진 사람만 보고 갔다.

그렇게 그 지점에 도착했는데…….

사람이 없었다.

머릿속이 하얘졌다.

분명히 바닷속으로 가라앉았을 거라 생각했다. 그는 무전으로 보고한 후 잠수 도구를 몸에 걸치고 바닷속으로 입수하려 했다. 그 모습을 보던 동료 대원이 애초에 사람은 보이지 않았고 들어갈 필요가 없다며 그를 말렸다.

하지만 '나는 구조대원이다. 저 사람은 내가 필요하다'라고 생각한 그는 동료의 말을 무시하고 입수했다. 입수 후 주변을 둘러봤지만, 사람은 보이지 않았다. 그래도 포기할 수는 없었다. 사람을 구출하고 살리기 위해 이 일을 시작한 거였으니까. 그렇게 몇 분간 물속을 헤엄치자 저 아래쪽에서 사람의 팔 같은 것이 보였다. 아래쪽은 마치 깊은 심해와 같이 어두컴컴했다.

더 가라앉기 전에 재빨리 사람의 팔을 향해 필사적으로 내려갔지만 어느샌가 사람의 팔은 보이지 않았다. 그는 그때 허망함을 느꼈고, 자신에 대한 자책감을 갖게 되었다. 그리고 멍한 정신과 함께 약간의 현기증을 느꼈다.

다시 물 밖으로 나가 다른 구조대원과 물속에 가라앉은 사람을 찾기 위해 수면을 향해 헤엄쳤다. 아까는 정신이 없어 몰랐는데 생각보다 깊이 들어왔었다. 그때 뭔가 이상한 기분에 휩싸여 멈칫했다. 그리고 발밑을 바라보았다.

검고 어두운 심해에서 빠르게 무엇인가 오는 것 같았다. 한동안 그곳을 응시했는데, 하마터면 물속에서 기절할 뻔했다. 어두운 그곳에서 빠르게 다가온 것은 이름 모를 생명체였다.

아니 인어였다.

하지만 동화 속에 등장하는 인어공주 같은 모습이 아닌 굉장히 섬뜩한 모습의 인어였다.

상체는 인간이지만 하체는 어류였다.

얼굴은 이상하게 일그러져 있어 주름이 잡혀있었고 눈동자는 없었다. 그 괴생명체가 웃으며 헤엄쳐 왔는데 이빨은 상어의 그것과 비슷했다. 하체 또한 상어의 지느러미가 달린 상어의 하체였다. 그는 겁이 나 더 빠르게 수면 위로 헤엄쳤다. 하지만 그것은 입을 벌리고 그를 향해 더욱더 빠르게 돌진했다. 이대로 가면 죽을 것 같다는 생각이 들어 젖 먹던 힘까지 짜내어 빠르게 헤엄쳤다.

어느덧 수면이 가까워졌고 재빠르게 고무보트 위로 올라타는
데 성공했다. 그리고 해변을 향해 달려갔다. 그리고 자신이 본
것을 그대로 캡틴에게 보고했다. 그러자 캡틴은 말없이 그를 빤
히 쳐다보더니 알았다는 말만 할 뿐 물속에 가라앉은 사람에 대
해 이야기를 하진 않았다.

그렇게 하루가 어떻게 흘러갔는지도 모른 채 일과가 끝났다.
조금 전 본 것을 머릿속으로 생각하며 집으로 가려는데 캡틴이
할 말이 있다며 아까 그를 말리던 동료와 함께 작은 술집으로
데려갔다. 이것저것 주문을 하고 기다리고 있는데 캡틴이 입을
열었다.

"너 아까 그걸 봤다고 했지? 아까는 너의 말을 무시해서 미안
하다. 괜히 이 해변에 놀러 온 사람들에게 소문이 퍼질까봐 자
세하게 얘기를 못 했다."

그는 아무 말도 못 했다. 그러자 캡틴이 다시 말했다.

"네가 본 건 상어 인간이다. 우리들 사이에선 샤크맨이라고
부르지. 말 그대로 상어 인간이야."

그리고 옆에 있는 동료를 가리키며 말했다.

"얘가 아까 너를 필요 이상으로 말리지 않았어? 사람이 빠졌고, 심지어는 가라앉았는데 구출은커녕 물속에 들어가지 말라고 했다며."

그는 고개를 끄덕였다. 그러자 캡틴은 말을 이어나갔다.

"이 녀석도 알고 있었던 거야. 상어 인간이라는 걸. 하지만 네게 말 못 하고 말리기만 했던 이유는 상어 인간이라고 얘기를 해봤자 믿지도 않았을 테고 그 자리를 벗어나려고 했을 테니까, 그렇지?"

동료는 그렇다는 대답을 했다. 그리고 이번엔 동료가 이야기했다.

"사실 아까 허우적대는 사람의 팔을 봤어요. 당신 말대로 사람이 물에 빠져 팔을 허우적거리더라고요. 그런데 그것뿐이에요. 이상하지 않습니까? 보통 물에 빠진 사람은 숨을 쉬기 위해 본능적으로 머리를 수면 위로 빼기 마련입니다. 그런데 그 사람은 단 한 순간도 머리를 수면 위로 빼지 않았고, 팔만 정신없이 흔들어 대고 있었어요."

그 말은 곧 굳이 머리를 수면 위로 빼지 않아도 되는 특이한 존재라는 것이다. 아니 오히려 물속에서 호흡을 더 잘할 수 있는 존재라는 말이다.

그리곤 캡틴이 말했다.

"그것이 언제부터 존재했는지는 나도 몰라. 하지만 우리 해양 구조팀 사이에선 유명한 이야기고 실제로 그 괴생명체에게 당한 사람들이 있어. 다행히 사망한 사람은 없는데 대부분 정신적인 피해를 입고 그만둔 사람들이 꽤 많아. 그놈이 자주 쓰는 수법이 있는데 물에 빠진 사람 연기를 해서 희생자를 자기 쪽으로 유인한다는 거지. 너는 그놈의 거짓 행동에 속은 거고. 그런데 참 신기한 건 우리 안방 해변 해양 구출팀 내에서만 그 존재를 알고 있다는 거야."

이런 이야기를 하다 보니 어느덧 많은 시간이 흐르게 되었고, 술집을 빠져나와 아까 본 상어 인간을 생각하며 집으로 갔다. 애써 기억을 지우고 일을 하려고 했지만, 부표를 볼 때마다 상어 인간의 이미지가 더 또렷하게 떠올랐다. 결국 그는 일주일을 더 다니고, 그 일을 그만두게 되었다.

상어 인간이 지금까지 존재한다면 더는 그놈에게 희생되는 사람이 없었으면 한다.

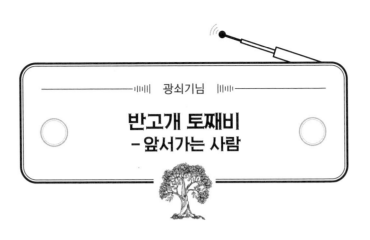

　어느 시골마다 입에서 입으로 전하는 괴담 서너 개는 다 있기 마련이다. 충북 영동군 추풍령면 신안에는 기원이 언제인지 모를 정도로 꽤 오래전부터 사람들을 수시로 놀라게 하고 골탕 먹이던 토째비 한 마리가 살았다.

　토째비란 내가 어려서 살던 그 지방의 사투리로 표준어로 '도깨비'를 말한다. 지역에 따라서, 형태에 따라서 초째비, 돗가비, 독갑이, 도각귀 등등 부르는 명칭은 이루 열거하기 어려울 정도로 아주 다양하다. 내가 살던 신안의 토째비는 어떤 놈인가? 그놈은 어느 특정 집에 머물지 않는다. 앞산 학무산과 뒷산 지장

산을 오가며, 주로 그 사이에 있는 반고개에서 출몰한다. 그리고 밤이나 꼭두새벽에 지나다니는 마을 사람들을 놀리거나 골탕을 먹였다. 그 토째비는 대낮에도 지게꾼이나 나무꾼들에 의해 지장산 중턱에 있는 모 집안의 재실 근처를 돌아다니는 게 목격되었다고도 한다. 우리 집이 이사 나오기 전까지도 보았다는 사람이 있었다.

형체는 분명 사람인데, 희끄무레해서 알아볼 수는 없으며, 상반신 혹은 하반신이 없는 상태로 돌아다닌다고 한다. 그 토째비의 장난은 왜정시대까지 거슬러 올라가 너무도 많은 이야기가 있다. 내가 괴담을 수집하면서 친척 어르신들에게 전해 들은 이야기 중 가장 오래된 이야기부터 풀어 보겠다.

과거 민초들이 먹을 것이 없어서 풀뿌리와 나무껍질로 연명하던 경술국치의 구한말. 시골의 민초들은 지장산에 자라는 나무를 베어다 새벽녘에 읍내 가기 전 길목에서 기다리는 중간업자에게 넘기는 걸로 끼니를 해결한다. 그 당시 벌목은 불법이었다. 산이 민둥산에 가까워 겉으로는 나무 보호 차원이고 사실은 군수물자로 반출하기 위하여 벌목을 금지했다고 한다. 그 때문에 혹시라도 나무를 베다 순사들에게 걸리면, 벌금을 물어야 하는 등 큰 고초를 겪어야 했다. 그래도 나무는 끊임없이 수요가 있으니, 주로 깜깜한 밤과 어두운 새벽 사이에 벌목과 매매가 이루어진다. 그때 지게에 나무를 지고 다니는 나무꾼들을 토째비가 나타나 시도 때도 없이 골탕을 먹였다.

"이봐, 서 씨! 피죽도 못 먹는 양반이 힘이 남아돌아? 도끼질은 좀 살살 하라고. 순사에게 들키면 큰일 난다고! 그리고 김 씨, 불빛 새어 나가면 큰일 나니, 움막의 그쪽 좀 더 막으라고!"

"에이, 왜놈들 등쌀에 이거 원 입에 풀칠하기가 이렇게 서러워서야."

"그래도 말이지. 처자식 입에 거미줄 안 치고, 똥구멍 안 찢어지려면 위험해도 이만한 일 없어."

"그래 알았다고."

나무껍질이나 풀뿌리를 캐서 먹으면, 그것이 소화가 안 되어 배설하다 보면 항문이 찢어지는 경우가 많다. 그래서 이를 두고 흔히 찢어지게 가난하다고 표현하는데, 당시의 민초들은 일본의 수탈 속에 그 정도로 가난한 삶을 살았다. 그런 삶이 싫은 나무꾼들은 처자식이라도 배불리 먹이기 위해 위험한 일도 마다하지 않는 것이다. 그렇게 벌목한 나무를 산에다 지은 움막에서 쪼갠 다음 희미한 달빛에 매매상이 기다리는 곳까지 서둘러 가야 한다.

길은 나무꾼들만 다니는 외길로 주변에 샛길이나 민가라고는 없다. 반고개에 가까워질 무렵, 저만치 모퉁이에서 사람으로 보이는 형체가 '스윽' 하고 도중에 나타나 앞서 걸어간다.

"어이, 거기 앞에 가는 이 뉘기요?"

"거 뭐 하는 사람이요?"

놀란 나무꾼들이 물어도 대답 없이, 그 사람으로 보이는 형체는 무시하고 열 걸음 정도 앞서갔다. 그리고는 아무리 뒤에서 나무꾼들이 불러도 대답이 없다. 그러다 반고개로 접어든 다음 산모퉁이를 도는 순간 온데간데없이 사라졌다.

당시 나무꾼들은 누군가 산에서 길을 잃었다가 나타나서 가는 것으로 생각하였단다. 하지만 그것도 한두 번이고, 그 형체는 가끔 사람들 놀라게 모퉁이를 지날 때 '스윽' 나타나서 어김없이 열 걸음 정도 앞장서다가 다음 모퉁이에서 사라진다. 처음엔 깜깜한 어둠 속에 도롱이를 뒤집어쓰고 삿갓을 눌러 쓴 모습이었다가, 나중에는 큰 갓에 도포를 입은 노인으로도 나타나고, 또 비막이 삿갓을 쓴 소복을 입은 여자의 모습으로도 나타난다. 도대체 앞서가는 사람의 정체는 무엇일까?

처음에는 누가 장난친다고 생각하여 나무꾼 중에 참다못한 한 사람이 욱해서 지게를 벗어던지고 쫓아갔다. 그러나 아무리

빨리 뛰어도 그 사람 같은 형체는 어둠 속에서 항상 열 걸음 정도의 간격으로 느릿하게 걷다가 다음 모퉁이를 도는 순간 어김없이 증발하듯 사라졌다. 한 번은 한 나무꾼이 흐린 날에 미리 반고개 쪽 모퉁이 길목에 숨어서 지키다 붙잡기로 했다. 그러나 그는 그 길로 실종되어 그날에는 다시 볼 수 없었다. 마을 사람들이 온 산을 이 잡듯 뒤졌지만 찾을 수 없었다.

그러다 사흘 뒤 반고개 근처에서 발견되었는데, 그는 반고개의 이정표가 되는 늙은 꿀밤나무를 두 팔로 꽉 잡고 이렇게 외치고 있었다고 한다.

"잡았다, 잡았다. 내가 잡았다."

그는 지나다니는 사람들의 눈에 정신 이상으로 보여 마을 장정들에 의해 집으로 실려 왔다. 그 후 깨어나서 한동안 정신을 차리지 못하다가, 의원이 찾아와서 침 몇 대 놓고, 약 한 첩 쓰고 간 다음 가까스로 정신을 차렸다고 한다.

그의 말에 의하면 그날 정체를 알 수 없는 그놈을 잡기 위해 미리 잠복하다 두루마기를 입은, 마을 사람도 아닌 처음 보는 낯선 할아버지가 나타나 지장산으로 올라가는 것을 보았단다. 그래서 이놈이구나, 하는 생각에 끝까지 쫓아갔다고 한다. 그 할아버지는 어둠 속에서 느릿한 걸음으로 잡힐 듯 잡히지 않을 듯

하면서 자꾸만 깊은 산속으로 들어갔다고 한다. 추적하던 나무꾼은 기를 쓰고 쫓아가는 상황에서 어느 순간에 할아버지가 멈추어 서는 것을 데격 붙들고 소리친 것이라고 하였다.

이뿐만이 아니다. 어떤 나무꾼은 혼자 땔감을 구하러 산에 갔다가 하루가 지난 새벽에 돌아왔다. 당시에는 워낙 산이 깊어서 나무하러 갔다가 산에서 자고 오는 경우가 많았다. 그렇게 새벽녘에 땔나무를 잔뜩 지고 왔는데, 그것은 나무가 아니라 지장산에 드문드문 있는 무연고 무덤의 비석이었다는 것이다. 나무꾼 말로는 반고개 지나 어떤 꼬마가 나와서 저쪽으로 가면 좋은 나무가 있다고 하여 별 의심 없이 따라갔다고 한다. 그리고 그곳에 가보니 정말 전에 못 보던, 땔감용으로 좋은 나무가 있어서 베어 집으로 가지고 온 것이란다.

게다가 반고개 근처에 있는 애장 터에서 퍼런 불덩어리까지 날아다니는 것을 밤에 반고개를 지나던 행인들은 물론 멀리 떨어진 마을에서도 다 같이 목격했다. 이 일로 마을 사람들은 비로소 일어나는 일련의 일들이 토째비의 장난인 것 같다고 인지하였던 것이다.

그 후로 인근에서 용하다는 늙은 박수무당을 불러 어떤 것인지는 몰라도 토째비가 좋아한다는 음식을 한 상 차려 놓고 굿도 하였단다. 그리고 그 박수무당은 마을 사람들에게 토째비에게 홀리지 않는 방도를 따로 일러주었다고 한다.

"나무하러 갈 때는 이 부적을 항상 몸에 지니고 다녀! 혹시라도 산에서 누가 말을 걸어오면 절대 대꾸하지도, 따라가지도 마. 그럼 바로 홀리는 거야. 그러니 바로 무시해! 그리고 토째비 같은 게 나타나면 표주박에 물을 채워 한 모금씩 나눠 마시던가, 아니면 곰방대 하나에 담배를 나눠 피워! 그러면 반고개 토째비도 자네들에게 더는 장난을 치지 못할 거야."

나눠주는 부적을 한 장씩 지닌 나무꾼들은 앞에서 정체를 알 수 없는 사람이나 혹여 이상한 형체가 보이면 절대 따라가지 않았다고 한다. 대신 그 자리에 서서 곰방대에 담배를 비벼 화섭자로 불붙여 돌려가며 한 모금씩 피운 다음, 그 자리를 벗어났다고 한다. 그리고 그 뒤로는 토째비에게 홀리는 일이 없었다고 한다.

충청도 신안에 있을 때, 먼 친척뻘인 할아버지 한 분이 같은
동네에 사셨다. 슬하에 장성한 아들딸은 다들 시집 장가 가서
가정을 꾸리고, 도회지에 정착하여 직장을 다니고 시골엔 항상
노부부만 그렇게 살고 있었다. 그리고 친척 할아버지께서는 술
을 아주 좋아하셨는데, 그날 반고개 너머 옆 마을에 누구네 영
감 김 아무개가 죽었다고 사람을 보내 통보하였다. 요즘이야 통
신망이 잘 구축되어 전화가 아니더라도 각종 메신저를 통해 부
고장을 주고받지만, 과거에는 달랐다.

전화라고 해야 동네 이장 집 아니면 큰 부잣집에나 교환원이 직접 바꿔주는 지남철식 딸딸이 전화기가 한 대 놓여있을 뿐이다. 그래서 먼 친척들에게는 직접 부고장을 손으로 작성하여 편지로 부치기 일쑤였다.

그리고 가까운 동네는 인편으로 직접 뛰어다니며 소식을 전한다. 이러한 이유로 부고장이 가고 문상객이 오는 시간까지 생각하여 5일간 장례를 치른다. 그날도 친척 할아버지 댁에 초상집에서 젊은 사람을 보내 부고 소식을 전하였다.

"뭐라고? 옆 마을의 김가가 죽었다고?"

"네! 논일하다가 쓰러지셨는데, 골방에 사흘 밤낮을 누워 계시다가 돌아가셨습니다."

"쯧쯧쯧. 아이고, 그 성질에 천년만년 살 것처럼 이야기하더니, 결국 나보다 먼저 갔구면. 알았으니 자네는 그만 가보게. 내 채비하고 이따가 넘어감세."

"네. 어르신."

요즘이야 장례시설이 워낙 잘 되어 있어서 다들 장례식장을 이용하지만, 당시만 하여도 사람이 죽으면 집에서 그대로 초상을 치르고 문상객을 받는다. 친척 할아버지께서는 평소 잘 입지 않는 두루마기 차림에 중절모를 눌러 쓰고 집을 나섰다.

"영감, 어디 출타하세요?"

"임자! 나 옆 마을 점박이 김가 놈이 세상 버렸다기에 거기 좀 다녀올게!"

"에구 성질 괄괄하던 김 씨 그분이 벌써 가셨구먼. 영감! 반고개에 토째비가 나타난다니, 갔다가 약주 많이 하지 말고 내일 밝을 때 일찍 와요. 그리고 내일 중무장(지역 오일장) 서는 날이라 새끼 돼지 사러 가기로 했잖아요."

"토째비든 뭐든 내가 가고 싶으면 가고, 오고 싶음 오는 거지!"

"일단 조심해서 잘 다녀와요."

"그려, 일찍 올게."

그 친척 할아버지는 옆 마을 초상집을 방문하셨고, 평소 마을 잔치가 아니면 볼 수 없었던 사람들도 다 만나셨다. 그리하여 오래간만에 보는 누구네 집, 누구누구 아는 사람들과 서로 인사와 안부를 나누시며 막걸리를 마셨다. 그렇게 문상객들과의 이야기로 술을 몇 순배나 주거니 받거니 하다 보니, 시간은 빠르게 훌쩍 지나가고 친척 할아버지께서는 다소 거나하게 취하셨다. 그러다 보니 어느 사이 하늘이 깜깜한 것이 청야에는 달과 별이 총총하게 빛을 뿌리고 있었다.

"어라, 벌써 캄캄하구먼. 이보게들 나는 그만 가야겠어."

"아니 어르신, 벌써 가시게요?"

"아재! 주무시고 가세요."

"반고개는 밤에 위험한데 거기를 혼자 가시려고요?"

친척 할아버지께서는 집에 가서 주무시고 일찍 일어나 장터에 돼지 사러 가기 위해 부득불 취한 몸을 이끌고 억지로 초상집을 나서셨다. 너무 늦은 밤이라 사람들이 하나 같이 자고 일찍 가라고 만류하였다.

"위험하기는…… 항상 넘어 다니는 고갠데 뭐가 위험해. 집에 우리 할망구가 기다린다니까!"

"할아버지, 그래도 낮하고 밤은 다르지요!"

"이보게, 초상집인데 그래도 그냥 자고 일찍 가게!"

"어허, 문제없다니까 그러네. 여기서 엎어지면 코 닿는 곳인데, 뭔 걱정이야!"

"아재! 그러면요. 제가 집까지 바래다 드릴게요. 아니면 반고개까지만이라도 제가 동행해 드릴게요."

"그래. 자네도 박 군 말 듣게. 지난번에도 아래뜸의 윤 씨가 밤길에 반고개에서 토째비에게 된통 홀렸다고 하지 않는가? 여기 박 군이랑 같이 가게!"

"어허! 필요 없다니까! 제까짓 것 토째비든 호랑이든 얼마든지 나오라고 해!"

"아재, 그래도요. 토째비한테 홀리면 어떡하려고요?"

"쓰읍!"

"쯧쯧. 사람 참 고집하고는, 그럼 어디 자네 맘대로 해보게!"

친척 할아버지께서는 옆 마을에까지 워낙에 황소고집으로 소문난 분이시다. 한 번 작정하고 결심한 일은 옆에서 누가 뭐라고 말려도 절대 번복하는 법이 없으시다. 그런 황소고집을 모르는 사람이 없기에 다들 걱정이 되도 더는 말리지 못하는 것이다. 그렇게 사람들의 만류에도 불구하고 혼자 아무도 없는 밤길을 나선 친척 할아버지께서 토째비가 나온다는 문제의 반고개를 지나갈 때였다. 역시 사람인지 토째비인지 알 수 없는 존재가 친척 할아버지에게 따라붙었다.

그리고 말을 걸어왔다. 옛말에 조용한 밤, 길을 걸을 때 어느 낯선 이가 자신의 이름을 부르면 세 번까지는 못 들은 척 절대 대답하지 말라고 하였다. 사람을 홀리는 토째비라면 딱 세 번만 부르고 말 것이고, 사람이면 계속 불러 볼 것이기에!

"아니 정 아무개 영감이 아닌가? 자네 지금 어디 가나?"

너무도 친숙한 목소리가 들려 친척 할아버지께서는 처음에는 잘 못 들은 줄 아셨다. 그래도 목소리는 계속해서 지나가는 친척 할아버지를 부르는데, 그 목소리는 분명 잘 아는 누구의 목소리라는데, 그게 누구인지는 모른다고 하셨다.

"이보게 정 영감, 지금 어딜 가나? 잠깐 멈춰서서 나랑 이야기 좀 합세!"

두 번째까지 부를 때, 친척 할아버지께서는 그만 대답을 해버리고 말았다. 그러면 두말할 필요도 없어 대답하는 바로 그 순간 홀리는 것이다.

"응. 누군가? 나는 지금 집에 가는 길이네."

"누구냐니? 날세, 나야! 자네는 내가 누군지 잘 알지 않은가?"

"으응. 그렇군. 자네구먼."

"이제 알아보는군. 그래, 나야. 그런데 자네 어디 다녀오는 길인가?"

"응. 옆 마을에 김가 놈이 죽었다고 해서 문상 다녀오는 길이네."

"음…… 나도 김 영감이 죽었다고 거기 갔다 오는 길이지. 이제 나도 집으로 가는 길인데, 우리 말벗해서 같이 갈까?"

"그래그래. 좋지. 가세, 같이 가세."

"허허허. 그러지."

토째비인지 아닌지 정체를 알 수 없는 그 목소리가 너무나도 친근하여, 친척 할아버지께서는 스스럼없이 같이 가자고 하셨다. 그리고 그 정체불명의 존재는 자신이 길을 잘 알고 있으므로 안내하겠다고 앞장섰다.

"이봐! 자네 술이 너무 과했어. 내가 자네 집을 잘 아니까 앞장서겠네!"

"응. 그러게! 고마우이."

친척 할아버지께서는 취기가 올라 무작정 그 정체불명의 목소리를 따라갔다고만 하셨다.

"이보게, 여기는 개울이니까 바지 걷고 지나가야 하네!"

"응. 개울이면 당연히 바지 걷어야지."

친척 할아버지께서는 사리 분별도 없이 무조건 그가 시키는 대로만 하고 다니셨다.

"여기는 가시덤불이니 이제 그만 바지 내리게."

친척 할아버지께서는 그저 정체를 알 수 없는 그 목소리가 시키는 대로 하면서 밤새도록 그를 따라다니셨다.

"자네 집까지 가려니 밤이 너무 늦었네. 여기가 내 집이니 오늘은 그만 여기서 자고 가게!"

"응. 그러지."

그러다 친척 할아버지께서 정신을 차리신 것은 멀리 동이 트는 새벽녘으로 이슬로 축축한 논두렁에 누워 계셨다. 그리고 마침 지나가던 누군가가 그 모습을 멀리서 발견하고 한달음에 달려와 친척 할아버지를 흔들어 깨웠다.

"할아버지 여기서 뭐 하시는 거예요?"

친척 할아버지를 깨운 사람은 같은 동네의 먼 손자뻘 되는 학생으로 새벽밥 먹고 학교에 가다 할아버지를 발견한 것이다. 그때 할아버지의 몰골은 이루 말할 수가 없었다고 한다. 머리는 진흙과 소똥으로 범벅이 되어 지저분하게 산발한 상태였다.

그리고 평소에 아끼는 두루마기와 안에 받쳐 입었던 윗옷은 온데간데없고, 하의는 모두 오물 범벅에 너덜너덜하게 찢어진 상태라고 하였다. 게다가 겉으로 드러난 맨살은 오물뿐만 아니고, 온통 긁히고 까진 상처투성이였다.

"으응? 여기가 어디지? 분명 친구네 집에서 잤는데……."

손자뻘 되는 학생이 부랴부랴 불러온 동네 장정들의 부축을 받아 집으로 모시고 왔다. 친척 할아버지께서는 어디 두엄에라도 빠진 건지, 하도 더러워 동네 사람들이 콧구멍을 거머쥐고 우물물을 길어다 씻겼다. 옆 마을에 문상 갔다 온 사람들 말로는 자고 가라는 것을 뿌리치고 할아버지 홀로 한밤중에 술 취해서 집에 갔다는 것이다. 결국 두말할 필요도 없이 다들 입 모아서 반고개 토째비에게 또 홀렸다고 떠들어 댔다.

친척 할아버지께서는 누군지 전혀 모르는 목소리를 친구라고 여기고 밤새도록 온 산을 헤매고 다닌 것이다. 가시덤불이 나오면 개울이니 바지를 걷으라 하고, 개울이 나오면 가시덤불이니 바지를 내리라고 하는 등 친척 할아버지께서 토째비에게 홀린 이야기는 근처 마을까지 소문이 파다하게 퍼졌으며, 이번에만 벌써 다섯 번째였다. 그러한 이유로 한동안은 해가 진 다음에는 누구도 절대 반고개를 넘어가지 않았다고 한다.

나중에 장정들이 칡걷이 가서 너덜너덜한 두루마기와 중절모를 칡넝쿨 안에서 찾아냈다고 하였다. 과연 친척 할아버지께서는 정말 토째비에게 홀린 것일까? 아니면 누군가가 반고개에서 기다렸다가 술 취한 사람을 상대로 악의적인 장난을 친 것일까?

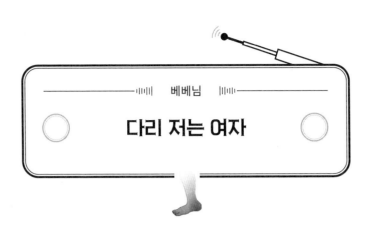

베베님

다리 저는 여자

나는 어렸을 때부터 몸이 아플 때면 사람이 아닌 존재들을 보곤 했다. 그나마 다행이라면 곁에 누군가 있으면 그런 현상을 덜 겪는다는 것 정도였다.

대학교 1학년 중간고사 때의 일이다.

우리 학교는 뒤에 산이 있었기 때문에 완전한 오르막길이었고, 덕분에 통학버스를 타지 않고 올라가려면 한참이나 걸리는 곳이었다. 시험 기간이라 더 높은 곳에 있는 도서관까지 갈 엄두가 나지 않아 우리는 항상 과 건물의 빈 강의실이나 과방에서 공부하곤 했다. 늘 늦은 시간에 끝나기 때문에 늦은 저녁 통학

버스를 타고 집에 가는 것을 반복하던 생활이었다.

그러던 어느 날, 감기에 장염까지 겹쳐 컨디션이 나빴던 나는 마스크를 착용하고 친구들과 함께 공부하고 있었다. 학교 건물 꼭대기 층은 이상하게도 유난히 어두웠는데, 낮에도 불을 켜야 할 정도였다. 몸이 좋지 않아 학교에 오지 말 걸 그랬나, 생각하며 화장실에 다녀오던 그때였다.

복도 끝 흡연 구역 쪽에 무언가 형체가 보였다. 내가 그 형체를 보자마자 나를 향해 서서히 걸어왔는데, 웬 여자가 다리를 절뚝절뚝 절면서 다가오는 것이다.

'뭐지, 누가 담배 피고 오는 건가?'

그렇게 생각하고 대수롭지 않게 강의실로 들어갔는데 뭔가 이상한 소리가 들리기 시작했다.

[히히히. 너…… 내가 봤어.]

선명하게 들리는 소리에 고개를 휘젓고는 헛소리가 들리는 거라고, 내가 아프니까 정신이 없는 거라고, 그렇게 생각하며 다시 공부하려고 마음을 다잡았다.

[네가 나 보는 거 봤다고……. 나와!]

쇳소리가 섞인 목소리였다.

[나와! 나와! 나와!]

이내 기계를 돌리듯 일정한 목소리가 들리기 시작했고, 또 시작이구나 싶어 책을 덮을 수밖에 없었다. 가만히 문 쪽을 보고 있으니 친구들이 왜 그러냐고 물었다. 그 기계 같은 소리를 애써 무시하며 아무것도 아니라고, 친구들에게 아무렇지 않은 듯 웃으며 말했다.

"애들아, 우리 이쯤하고 집에 가자. 버스 시간도 다 돼 가는데⋯⋯."

"어, 그래. 너 몸도 안 좋은데 오늘은 이쯤하고 가자."

친구들이 내 어깨를 토닥여주며 나가자고 가방을 챙겼고, 나는 얼른 여기서 벗어나고 싶은 마음에 초조했다. 그런데 또 배가 아파오기 시작했다. 다시 여자가 있는 곳으로 가고 싶지 않아서 어떻게 해야 하나 생각하며 가방을 챙기다 생각난 것이 있었다. 누군가와 함께 있으면 귀신이 다가오지 않는다는 걸 알았기 때문에 친구들이 짐을 챙기길 기다렸다가 최대한 참으며 친구에게 부탁했다.

"있잖아⋯⋯. 버스 타기 전에 잠깐 화장실 좀 들렀다가 가자. 나 배 또 아파⋯⋯."

평소 같으면 무슨 화장실을 같이 가냐고 장난을 쳤을 텐데 내가 귀신을 본다는 걸 알고 있는 한 친구가 창백해진 얼굴로 불안해하는 나를 보며 뭔가 이상한 낌새를 느낀 건지 고개를 끄덕이며 함께 화장실로 갔다. 어두운 복도 끝을 최대한 보지 않으려 하며 화장실로 갔고, 느껴지는 한기와 소름을 애써 모른척하며 최대한 빠르게 일을 보려고 했다.

그리고 서둘러 엘리베이터를 타고 내려갔고, 버스 정류장으로 가고 있는데 우리가 있던 강의실 창문에 웬 여자가 서서 크게 웃으며 손을 흔들고 있는 게 아닌가. '헉' 하는 마음에 서둘러 고개를 돌렸고, 사람이 몇 명 없는 버스 안에 몸을 싣고 안도의 한숨을 쉬고 있는데 갑자기 다시 소름이 돋기 시작했다.

왜 소름이 돋는 건가 싶어 긴장되던 그때, 맨 뒷좌석에 친구들과 앉아 앞을 보고 있던 나는 뭔가 부자연스러움이 느껴졌다.

우리 앞엔 5명 정도의 사람이 띄엄띄엄 앉아있었는데 두 좌석 앞에 앉아있는 사람의 의자 목 받침대에 하얀 여자의 왼손이 얹혀있는 것이었다. 그리고 '스르륵' 움직이며 그 옆 좌석의 목 받침대로 이동하는 것을 보게 되었다. 눈을 잠깐 감았다가 진정하자고 숨을 고르고 다시 눈을 떴더니 손은 사라지고 없었다. 그날 어떻게 집에 갔는지 기억이 나지 않을 정도로 정신이 하나도 없었다.

다음날 친구와 함께 조교실로 가서 조교 선생님께 강의실 열쇠를 받기 위해 기다리고 있었는데 친구가 어제저녁에 왜 그랬냐고, 몸은 괜찮냐고, 물었다. 그래서 어제 있었던 일들을 이야기해 주었다. 친구는 놀란 표정이었고 그 이야기를 듣고 있던 조교 선생님 또한 놀란 표정으로 나를 바라보고 있었다.

"그 귀신 생김새가 어떻든?"

생김새를 하나하나 설명하는데 조교 선생님의 얼굴이 사색이 되는 걸 볼 수 있었다.

"왜 내가 전에 귀신 본 적 있었다고 했잖아. 여기 조교 하면서 매일 밤 보던 귀신이 네가 본 그 귀신이야. 내가 아무리 애들한테 말해도 아무도 안 믿었는데……. 다리를 절면서 부자연스럽게 걸어와서 더 무서웠거든. 원래 여기 학생인데 자살했다고 하더라고. 자살도 투신자살이어서 온몸이 골절된 거래. 성적도 곤두박질치고 남자 친구는 바람피우고……. 하여튼 이런저런 문제 때문에 많이 힘들었다고 하더라."

조교 선생님의 말을 들으며 무섭기도 했지만, 한편으로 안쓰러운 마음도 들었다.

그렇지만 이승에 머물러 있는 귀신은 좋은 게 아니었기 때문에 '최대한 밤에는 여기 있으면 안 되겠다'라는 생각이 들었다. 그래도 전공과목 대부분을 그 층에서 수업했던 터라 안 갈 수는

없었기 때문에 수업이 있을 때마다 한기를 느낀 적이 한두 번이
아니었다.

마치 누군가가 계속 나를 지켜보는 느낌이 들었으니까.

다행히 3학년이 될 무렵 캠퍼스를 이전한다는 이야길 들었
고, 그곳을 벗어난 후로는 대학교에서 귀신을 보지 않게 되었다.

학교 본관의 비밀

나는 중학교 3학년 때 소위 말하는 귀신 보는 애, 혹은 애기 무당처럼 소문이 났었다. 하지만 실상은 글쎄……. 무언가 감은 있는데 실체를 보지는 못하는 딱 그 정도였던 것 같다.

'어! 저기 무언가 이상하다 혹은 기분이 안 좋다!' 하면 거기선 과거에 무슨 좋지 못한 일이 있었다거나 혹은 사고가 난다거나 하는, 평범한 사람보다 조금 촉이 좋은 정도였다.

하루는 친구에게 이렇게 말한 적이 있었다.

"어, 너 오늘 뭔가 안 좋을 것 같아. 집에 일찍 들어가라."

이 말이 아주 우연히 맞아떨어져 그 친구가 학원을 가던 길에 조금, 정말 아주 조금 다치게 되었는데 '쟤 귀신 본다며?' '실은 애기무당이래' 이런 소문이 일파만파 퍼져나가게 된 것이다.

중학교 3학년 1학기 중간고사가 끝난 금요일의 일이다.

지금은 주 5일제다 뭐다 해서 금요일까지만 학교에 가지만 그 당시에는 토요일에도 수업이 있어 꼬박꼬박 학교에 갔다. 그리고 한 달에 한 번 HR과 CA라는 활동이 있어 한 주에 두 번은 그 활동들을 했다. 전자는 반 재량시간으로 그 주에 하고 싶은 일을 정하여 반 자체 활동을, 후자는 일종의 동아리 같은 활동으로 자신이 원하는 활동 하나를 정하여 그 활동을 따로 하는 그런 날이었다. 배드민턴, 사진부, 바둑부 같은 것들 말이다. 마침 그날은 금요일이 마지막 시험, 그리고 다음 날인 토요일은 반 재량 활동이 있던 날이었다.

"애들아! 우리 시험도 끝났는데 학교에서 캠핑 한 번 해볼까?"

평소 장난기도 많으시고 아이들과 굉장히 친하셨던 담임선생님께서 멋진 제안을 하셨고, 공식적으로 외박을 할 수 있는 기회를 얻은 우리는 단체로 환호를 터트렸다. 게다가 3반 선생님께서도 솔깃하셨는지 함께 해주셔서 1반과 3반이 학교에서 하룻밤을 자게 된 것이다.

다음날 우리는 각자 집에서 저녁과 다음날 먹을 아침거리를 조별로 준비하고 개인 이불과 취사도구를 챙겨 학교에 모였다. 반 대항 피구도 하고, 게임도 하고, 모자란 실력이지만 친구들과 밥도 해 먹으며 너무나도 즐거운 시간을 보내고 있었다.

그리고 저녁 8시 즈음, 같은 반인 전교 회장이 잠깐 보자며 나를 슬며시 불렀다.

"무슨 일이야?"

내가 묻자 친구는 짓궂은 미소를 띠며 대답했다.

"흐흐. 이따 밤에 담력 테스트를 할 건데 네가 귀신 역할 좀 해줄래?"

아마 학교에 돌고 있는 귀신 보는 아이 혹은 애기무당이라는 이미지 때문이리라.

나는 잠시 고민하다 '씨익' 웃으며 말했다.

"그래! 좋아."

잠시 후 9시가 좀 안 되어 담임선생님께서 말씀하셨다.

"자, 이제 담력 테스트를 하겠다. 2인 1조로 나누어서 하고, 장소는 구관! 각 층마다 어떠한 관문이 있고, 관문을 통과하는 표시를 줄 거야. 너희들 어디 한 번 죽어봐라. 흐흐."

그리곤 '씨익' 하고 그 예의 사악한 웃음을 날려주셨다. 아이들은 '어우 뭐야' 하면서도 출석 번호순으로 짝을 이루었고, 나는 친구들에게 '이따 보자'라고 낄낄거리며 전교 회장 무리와 함께 본관으로 향했다.

여기서 잠시 설명하자면 우리 학교는 원래 있던 본관, 그러니까 구관으로도 불리는 4층 건물이 하나 있고 왼쪽으로 대강 열 발걸음 정도 떨어진 곳에 본관과 함께 ㄱ자 형을 이루게 신관 건물이 있었다. 신관은 중학교 2학년 말에 완공되어 이듬해 3학년이 되면서부터 사용했다.

담력 테스트의 무대가 된 본관은 4층의 빨간색 벽돌 건물로 중앙에 계단이 있고 양쪽으로도 중앙 계단보다는 조금 좁지만, 계단이 있는 형태였다. 2층과 1층을 제외한 각 층 복도에는 교실들이 있었고 1층에는 원무과와 학생 편의시설, 2층에는 교장실과 교무실을 제외한 나머지 복도 구역이 교실로 이루어져 있었다.

또한 중앙 계단과 복도는 문으로 여닫을 수 있게 돼 있는데, 일종의 방화문 역할이었던 것 같다. 양쪽 계단에는 2층에만 조그만 공간이 있었는데 왼편에 있는 공간은 양호실이었고, 오른편에 있던 공간은 자료실이라고 이름 붙여진 창고였다.

"그러니까 내가 뭘 어떻게 하면 되는데?"

전교 회장 손에 이끌려 털레털레 본관으로 향하니 그곳엔 대

여섯 명의 키가 크고, 하나같이 숏컷을 한 배구부 학생들이 있었다. 배구부는 당시 합숙 훈련 중이라 담력 테스트에 지원하게 된 것이라고 했다.

"그러니까 1층을 제외한 2층과 3층, 4층에 각 층당 2명에서 3명씩 배구부와 함께 귀신이 되는 거야! 어떻게 놀려 줄지는 각자 알아서 하고."

그리곤 다들 미리 준비해두었던 스크림 가면과 검은색 망토를 주섬주섬 꺼냈다. 같이 있던 전교 회장 친구도 어디서 가져왔는지 헐크 같은 초록색 괴물 탈을 쓰고 있었다. 치사하게 장비빨이라니…….

나는 배구부 중 한 학년 어린 후배와 같은 조가 되어 2층을 맡기로 했다. 나보다 머리 하나는 더 있는 껑충한 키와 날씬한 외형의 그녀는 숫기 없지만 착하고 선해보이는 웃음을 지으며 쭈뼛대고 있었다.

"어우, 야! 우리 이럴 시간이 없어. 빨리 가서 작전을 짜야지! 어서 가자!"

나는 그 친구의 손을 잡아끌었다.

막상 그 친구와 2층으로 오니 막막했다. 어떤 식으로 놀게 해줄까? 지금이야 덩치 좋은 30대 아줌마지만 당시엔 아담하다면 아담했던 나와는 다르게 175cm 가까이 되는 그 친구는 어디숨을 곳도 마땅치 않아 보였다.

그러던 중 눈에 띈 곳은 방화문이었다.

"야! 저기 뒤에 누워봐."

"예? 어디요?"

"저기 말이야. 문 뒤에."

활짝 열린 방화문 뒤와 교무실 벽 사이의 좁은 공간을 가리키며 말했다. 좁았지만 날씬한 그 친구가 쪼그려 누우니 아무런 티도 나지 않았다.

"넌 거기서 손만 내밀고 있어. 손만 내밀고 있다가 지나가는 애 발목을 잡는 거야. 얼마나 소름 끼치겠냐? 기왕 시작한 거 다른 층은 아이템을 쓴다는데 우린 거기보다 더 놀라게 해주자고!"

"그런데 괜찮을까요? 그렇게 무섭진 않을 것 같은데……."

"아냐, 아냐! 모르고 지나가면 지나가는 거고, 놀라면 대박인 거지!"

그렇게 말하며 나는 나대로 화장실에서 머리에 물을 흠뻑 적셔 흐트러지게 한 후 두근두근 설레는 마음을 진정시키며 조금 있다 올 손님들을 맞이할 준비를 했다.

창밖으로 보이는 어쩐지 스산한 느낌마저 드는 푸른 달빛과,

학교 뒤로 보이는 숲의 나무 그림자들이 복도에 깔리며 복도는 그 존재만으로도 마음을 어지럽혔다. 게다가 방송부 담당인 담임선생님의 지원으로 텅 빈 학교라는 공간에는 바람소리며 천둥소리로 공포스러운 분위기를 잔뜩 자아내고 있었다.

"어우야, 무서워."

잠시 후 몸을 바싹 붙이고 손을 꼭 잡은 두 인영이 나지막이 말하며 오른편 계단으로 올라오는 것이 보였다. 그것을 시작으로 나와 후배는 정말 최선을 다하여 올라오는 친구들을 깜짝깜짝 놀라게 해주었다.

먼저 후배의 손에 발목을 잡혀 화들짝 놀란 아이들이 엉엉 울며 나머지 복도를 지나치면 중간쯤 더 가서 숨어있던 내가 스윽 하고 나타나 지나가던 친구들 뒤에서 어깨에 손을 올리며 물기가 뚝뚝 떨어지는 얼굴을 들이밀고 말했다.

"흐흐흐. 뭐 잊은 거 없어? 표 받고 가야지이~?"

또는 째지는 듯한 웃음소리를 내며 〈섬집 아기〉를 음산하게 중얼거려 준다든지 하는 식으로 놀라게 해주었다. 지금 생각해 보니 유치하기도 하지만 당시엔 꽤 성공적이었다.

이런저런 방법을 총동원해 친구들에게 공포감을 선사하고 있을 때 어떤 친구가 너무 놀라 주저앉아 일어나지 못하는 바람에 담력 테스트는 잠시 중단되었다.

"아! 아! 내 말 들리나? 환자가 생겨 담력 테스트를 잠시 중단한다. 각 층은 자리를 이탈하지 말고 대기하고 있도록."

스피커로 담임선생님의 방송이 울려 퍼지고 조용한 학교를 채우던 배경음도 끊기게 되었다.

"아오! 숨어있는 것도 보통 힘든 게 아니네. 너도 잠깐 나와 허리 좀 펴."

내가 일어서서 기지개를 켜며 말하자 후배도 그제야 문 뒤에서 부스스 나오더니 함께 기지개를 켰다.

"허리 안 아파? 계속 쭈그리고 있으면 힘들지?"

"아니에요."

"근데 나름 할 만하다. 난 혼자 있었음 못했을 거야. 이거 꽤 무섭네."

"그러게 말이에요. 그래도 생각보다 재밌는 걸요?"

"그러게. 놀랐다는 애는 괜찮을까?"

"양호 선생님이 계시니 뭐 괜찮지 않을까요?"

주절주절 잡담하며 쉬다가 다시금 각자 자리를 잡았다.

때마침 진짜 바람이 불어 '웅' 하며 유리창 때리는 소리를 냈고, 잠시 침묵하던 나는 2학년 체육 선생님께서 해주신 이야기가 생각나 후배에게 말을 걸었다.

"너, 이 이야기 알아?"

"네? 뭘요?"

"아…… 그! 너희 배구부에서 약간 괴담같이 내려오는 이야기라던데, 몰라?"

"전 여기 체육 특기로 올해 전학 와서요. 어떤 이야긴데요?"

"내가 2학년 때 들은 이야긴데 말이야."

나는 잠시 뜸을 들이다 입을 열었다.

◀▮▶

비가 추적추적 오는 어느 날이었다. 체육 시간이었지만 비 때문에 야외 수업을 할 수 없어 교실에서 수업을 진행했다. 조금 어수선한 분위기에서 어떤 한 아이가 배짱 좋게 말을 던졌다.

"쌤! 무서운 이야기 해주세요!"

그러자 여기저기서 환호성을 지르며 70여 개의 눈동자가 반짝거렸다. 선생님은 잠시 실소를 지으시며 무언가 생각났는지 이내 빙그레 미소를 지었다.

"그래. 무서운 이야기 말이지? 딱 오늘만이다."

"네~!"

아이들은 이내 집중하기 시작했고 조금 전까지 심드렁하게 졸고 있던 아이들까지 눈을 반짝이기 시작했다.

"내가 여기 초임으로 부임했을 때 이야기야. 너희들도 알다시피 우리 학교는 지어진 지 40여 년이 넘은 거 알지? 이 학교가 설립되었던 그 당시부터 있었으니 내가 거의 25살이 조금 안 되었을 때 이야기네.

한 아이가 있었어. 배구부였고 뭐 그다지 눈에 띄는 아이는 아니었어. 나도 그 학생을 담당하지는 않았기 때문에 잘 모르지만 조용하고 낯을 가린달까, 그런 학생이었던 것 같구나. 뭐 그래도 성실히 학교 다니고, 훈련도 곧잘 하고, 문제도 없고, 아주 조용하고 평범한 학생이었어.

하루는 그 친구가 1교시가 끝나고 2교시가 시작할 때까지 등교하지 않았더구나. 반에서는 배구부 훈련을 갔나보다 생각했지만, 담당 선생님의 말씀을 전해 들은 바로는 그것도 아니었지. 양호실에 갔나, 아니면 어디 학교 구석에 있나 싶어 여기저기 찾아보았지만 그 학생이 등교하지 않았다는 것만 분명해졌지.

어쩔 수 없이 담임선생님은 학생의 집에 전화해서 "어머님, 오늘 '아무개'가 등교를 안 했네요. 어디가 아픈가요?"라고 물어보았지만, 집에서는 분명 오늘도 등교를 했다는 거야.

그때야 난리가 났지. 학교에 오다 어디 나쁜 길로 샜는지, 혹여 좋지 못한 일을 당한 건 아닌지……. 평소 성실한 학생이었으니 다른 길로 샜을 리는 만무한 아이여서 더 신경이 쓰였지.

남는 선생님들이 그 친구의 집에서부터 학교로 오는 동선을 따라 찾아 나섰어. 그러다 어느 한 선생님께서 발견하신 거지. 철도 위에 앉아있는 그 친구를……. 그 친구는 철로에 옆으로 앉아 고개를 숙이고 있었어. 선생님은 그 학생을 멀리서 불렀어.

"야, 인마! 얼른 안 일어나?" 하고 말이야.

선생님의 호통에도 그 학생은 들었는지 못 들었는지 그대로 고개만 숙이고 앉아있었고 잠시 후 어마어마한 굉음을 내며 달려오는 화물열차에 그대로…….

말 그대로 박살이 나고 말았지. 열차는 여전히 굉음을 내며 달려갔고 한참을 더 가서야 겨우 멈춰 섰어. 그 친구가 어떻게 되었을지는 말 안 해도 알겠지?"

선생님의 이야기에 아이들은 얼굴이 파랗게 질려 짝꿍의 손을 붙잡거나 침을 꿀꺽 삼키고, 입을 벌리는 등 각자 표현은 달랐지만, 이야기에 몰두해 눈을 빛내고 있었다. 선생님은 더 낮은 목소리로 이야기를 이어가셨다.

"정말 무서운 것은 그다음의 일이었단다. 하나뿐인 자식을 잃어버린 어머니의 슬픔을 우리는 알지 못했던 거지. 끔찍했던 그 사건이 지나고 차츰차츰 우리는 그 학생과 그날의 일을 잊었단다. 아니 잊으려고 노력하고 있었지. 그때 일이 터진 거야.

머리는 마구 헝클어진 산발에 신발은 어디로 갔는지 제대로 신지 못한 그 아이의 어머니께서 반쯤은 정신이 나가 학교로 찾아오신 거야. 학교에 오신 어머니의 몰골은 참담했어. 무엇을 뒤지셨던지 손에는 흙과 먼지, 그리고 생채기로 가득했고, 옷 역시 먼지 투성이었어. 그 상태로 딸의 이름을 부르며 말씀하셨지. '네가 그리도 가고 싶다던 학교에 왔단다. 좋지? 아가. 너도 좋지?' 그렇게 온 학교를 쏘다니기 시작하셨어.

놀란 남자 선생님 몇몇과 수위 아저씨께서 어머니를 급히 막아섰지만 소용없었어. 어머니는 아예 자신의 몸에 매달린 장정 서넛을 질질 끌고 다니며 학교를 돌아다니셨어. 잠시 후 신고를 받은 경찰이 와서 그 학생의 어머니를 끌고 나갔지. 그 후에는 잘 모르겠구나. 들리는 말로는 어디 정신병원에 가셨단 말도 있고 돌아가셨단 말도 있고……

그리고 또 시간이 지났어. 어느 날부터인가 콕 집어 말하기는 어려운데 학교에 이상한 냄새가 나더구나. 뭔가 고기 썩은 듯한 역한 내였어.

그 냄새는 특히 2층과 오른편 계단 쪽에서 심하게 났지. 처음엔 아주 약하게 '어디서 무슨 냄새 안 나?' 하는 정도였지만 악취는 점점 심해져 갔단다. 그러면서 학교 2층에서 죽은 그 학생을 봤다는 이야기가 아이들 사이에서 괴담처럼 천천히 퍼졌어.

수업이 끝나고 청소하던 학생이나 주번 활동 때문에 일찍 학교에 왔던 학생들은 죽은 그 학생을 보았는데, 2층 복도를 서성이고 있다더라, 이런 이야기였지. 처음에 선생님들은 별 신경을 쓰진 않았어. 안 좋은 일이었으니 애들도 뒤숭숭한 분위기를 타나보다 하며 아이들을 다잡아야 한다는 여론이 대다수였지.

하지만 우연히 시험 기간에 남아서 시험문제를 만들던 수학 선생님께서 교무실에서 나오시다 복도에서 자신을 바라보고 있는 그 학생을 보고 기절하신 뒤론 이야기가 달라졌어. 오랜 갑론을박 끝에 교감 선생님의 진두지휘로 우리는 굿을 했단다. 참 웃기지 않니? 교회 재단의 학교에서 굿이라니……. 재미 있는 일이었지. 한참 굿을 하던 무당이 그러더구나. 이곳의 터와 여기서 모시는 신 때문에 자신의 신빨이 안 먹힌다고. 여기서 모시는 신은 예수님을 의미하는 거겠지?

그럼 어찌해야 하냐고 교감 선생님이 물으니 대뜸 무당이 신이 실려 여기 있어서는 안 될 물건이 있다며, 그걸 찾아 천도재를 하라고 말하더구나. 그런데 그 물건이 어디 있는지는 자기도 모르겠다며, 여기 신과 터가 자꾸만 자기를 방해한다고만 했어. 아무튼 그 물건을 찾으라며 알 듯 모를 듯한 말만 남기고 굿을 정리하고 가버렸지.

그 후에도 악취와 유령소동은 계속되었어. 거기 있던 선생님들과 학생들 역시 그 물건이 무엇인지, 어디에 있는지 알 수가 없었단다. 이미 그 학생의 유품을 모두 정리했고 남아 있던 거라곤 책걸상뿐이었는데 그마저도 찜찜하다며 어머니회에서 들고 일어나는 바람에 소각해버렸거든. 결국 교감 선생님과 교장 선생님, 학교 이사회에서는 새로 신축한다는 명목으로 학교 문을 잠시 닫을까 말까 하던 그때 그 물건을 찾았단다.”

선생님은 잠시 한숨을 쉬고 주위를 둘러보았다. 학생들은 한마디 없이 눈을 크게 뜨고 집중하고 있었고 선생님은 그때의 일을 떠올리며 소름이 돋는지 팔을 ‘쓱’ 훑으시고 다시 말을 이어가셨다.

“그래…… 그 물건은 나타났어. 휴식기가 끝나고 다시 체전 준비를 위해 합숙소를 정리하던 한 학생에 의해서 말이야. 처음 그 학생은 그것이 아무렇게나 올려놓은 교구나 뭐 그런 거였다고 생각했단다. 그래서 선반에 체육복을 정리하기 위해 그것을 들어 올렸지. 하지만 그것은 선반 바닥에 붙어 떨어지지 않았어. 그 학생은 손에 힘을 주어 그것을 바닥에서 떼어냈고, 그러다 보게 된 거야. 그 안에 있던 그것들을…….”

“그것…… 이라니요?”

교실에서 한 아이가 저도 모르게 되물었는지 얼굴을 조금 붉히는 것이 보였다. 선생님은 잠시 그 아이에게 눈길을 주다가 다시 시선을 조금 내려 교탁을 보며 입을 떼셨다.

“가로, 세로와 높이가 대략 20센티 정도 되는 자그마한 상자였단다. 그 안에는 거뭇하게 무언가 덕지덕지 붙은 명찰, 천 조각, 손톱, 머리카락, 그리고 시꺼멓게 말라붙은 덩어리들이 들어있었지. 그래. 그것은 철도에서 열차에 친 그 소녀의 잔해였어. 시신을 수습했지만…… 말했잖니? 박살이 났었다고 말이다.

그렇게 사고 현장 멀리 밖으로 날아간, 그야말로 조각들이었단다. 그리고 그 손톱……. 그것을 본 선생님들은 몇 달 전 그 아이 어머니의 손을 떠올렸지. 온통 자잘한 생채기와 먼지들로 뒤덮여 있던 그 손을 말이야. 어머니는 그때 미처 다 정리되지 못한 자신의 딸을 사방팔방 돌아다니며 조각조각 모으신 거였어. 그리고 그것을 주워 담아 딸이 어떻게 말했는지는 모르겠다만…… 딸이 오고 싶다던 학교에 남기셨던 거야."

처음에는 가볍게 농담처럼 시작했던 선생님의 이야기는 너무 무심히 잃어버린 제자에 대한 자책감으로 물들어버린 고해성사처럼 끝이 났다.

◀▌▶

잠시 어둡고 무거운 침묵이 나와 후배의 주변을 둘러싸고 있었다. 너무도 어둡고 무거운 침묵에 주변을 환기하려고 다시 입을 뗐다.

"그래서 말이야."

"언니! 그만 하세요. 저 그런 이야기 그만 들을래요."

"어? 어…… 그…… 그럴래? 그치? 별로 좋은 이야기는 아니었다."

후배의 단호한 말에 나는 허둥대며 입을 다물었다.

초여름 밤의 습기로 어느덧 조금은 눅눅해진 공기, 그 틈 안으로 조금 전과는 다른 섬찟함이랄까? 기분 탓인지 알 듯 모를 듯한 느낌이 들었다. 그리고 지금은 창고처럼 쓰이는 빈 자료실 쪽으로 나 있는 복도의 어두움 속에서 마치 낯선 이의 시선이 느껴지는 것만 같아 오소소 진저리를 쳤고, 지금 혼자가 아님을 다행이라 생각하며 안도했다. 그 자료실이 당시 쓰이던 배구부 숙소였다는 말은 속으로 꿀꺽 삼켜 넣으며…….

"아! 아! 담력 테스트를 재개한다. 각 층 귀신들은 적당히 좀 하고 후딱 끝내고 자자."

담임선생님의 조금 장난스러운 방송이 교내에 울려 퍼지고 아이들은 다시 두 명씩 조를 짜서 본관에 들어왔다. 나는 아까처럼 아이들을 놀라게 했으나 어쩐지 좀 전과는 달리 신이 나지는 않았다.

얼마나 지났을까?

어느샌가 마지막으로 올라 온 아이들을 끝으로 후배와는 어색하게 인사를 나누고 친구들에게 돌아갔다. 교실에 들어서니 원망 섞인 목소리들이 여기저기서 들려왔다.

"야! 진짜 너무하더라."

"맞아! 어쩜 사람을 그렇게 놀라게 하냐? 아오, 진짜!"

"아, 미안. 미안! 그래도 할 땐 제대로 해야지! 야, 그래도 재 밌지 않았냐? 나 완전 잘했지?"

내가 말하며 깔깔거리고 있을 때 다른 친구 하나가 질문했다.

"야, 그런데 그 발목 잡던 친구 말이야. 걔 대체 뭐야?"

"걔? 배구분데 우리보다 한 학년 후배래. 왜?"

"아…… 역시 배구부라 그런가? 팔 힘이 엄청 세길래. 나 발목에 멍든 거 있지? 이거 봐봐."

하얗고 가느다란 친구의 발목.

그곳에는 누군가 억척스레 잡은 듯 퍼런 손자국이 선명하게 나 있었다. 나는 멋쩍게 미안하다고 말하며 웃다가 순간 등줄기를 타고 내리는 듯한 한기를 느끼며 최대한 소란스럽지 않게, 자연스레 친구들 사이를 파고들었다. 그리고 친구들 사이에서 아무렇지도 않게 웃고 떠들었다.

그러나 나는 나지막이 스산한 웃음소리를 들은 것만 같아 차마 뒤를 돌아볼 수 없었다.

친구의 퍼런 손자국은 왼쪽 발목에 있었다. 그리고 그 친구는 내가 정면에서 보았을 때 분명히 오른편에 서서 오고 있었고 말이다. 후배가 제아무리 팔이 길어도 몸을 숨겨야 하니 내 기준에서 왼편에 선 다른 친구의 오른쪽 발목 아니면 어쩌다 왼쪽 발목까지가 사정거리인데 오른편에 있던 친구의 왼쪽 발목이라니…….

친구들과 웃고 떠들면서도 혼란스럽기만 한 머릿속을 최대한 정리해 보려고 노력했다. 둘이서 손을 잡고 왔으니 서로 무섭다고 붙어 오다가 둘의 자리가 바뀌었을 가능성은? 그도 아니면 둘이 오면서 계단 쪽으로 치우쳐 걷는 통에 후배의 사정권에 들어왔을 가능성은?

그러나 애석하게도 모두 아니었다.

아니, 그렇게 다시 돌이켜 생각하지 말았어야 했다.

곱씹어 생각하자 친구가 내 방향으로 오다가 교무실 문 근처에서 놀라 주저앉던 그 장면이 머릿속을 관통했으니까. 분명 계단 쪽에 숨어있던 후배의 사정권은커녕 손끝도 닿을 수 없는 그 자리에서 말이다.

그리고 그날이 어떻게 지났는지 정확하게 기억은 나지 않는다. 다만 나는 짝에게 최대한 붙어 거의 그 친구에게 매달려 갔던 게 기억난다.

그리고 그 후 본관 2층에는 아니, 본관에 들어서는 것조차 그다지 반가워하지 않았다. 그렇게 남은 반 학기를 보내며 중학교를 졸업하고, 한 해 두 해 나이를 먹어 어느덧 서른 즈음의 아주머니가 되었지만, 그날의 께름칙함과 의문은 지금 생각하면 두렵고 섬찟한 기억이 되어 있다.

　나에게는 귀신을 보는 예지라는 친구가 있다. 이 친구의 어머니도 무속인이시다. 어릴 때부터 친했고 초·중·고를 같이 다녔는데 이상하게 이 친구와 만나 같은 공간에 있다거나 통화라도 한 날이면 같이 주파수를 타고 그 기이한 현상들을 겪게 되곤 했다. 왜 그런지는 모르겠지만 같이 있으면 어느 타이밍엔 사람이 아닌 어떤 기운들을 강력하게 느끼거나 듣거나 보거나, 이런 식이 되는데 자주는 아니지만 가끔 그럴 때가 있었다. 물론 나 혼자 촉이 발달할 땐 그냥 희미하게 느끼는 정도지만. 하여튼 신기하긴 했다.

그 일은 중학생의 풋풋함을 막 벗어난 고1 때였다. 학교며 학생들, 선생님들과 교실까지 모든 게 새로 시작되는 학년이라 설렘이 백만 배는 되었던 것 같다. 무엇보다 학교가 재건축 건물이다보니 깨끗하고 학습 의욕을 샘솟게 하는 데는 손색 없는 구조여서 더 좋았다.

학교의 내·외관에 대해 간단 설명을 하자면 5층짜리 건물 2개가 있는데 그 사이에 육교와 같은 연결로가 2층부터 층층이 있었다. 우리는 이 연결로를 '오작교'라고 불렀다. 건물 사이의 연결로치고는 그리 멀진 않았지만, 건물 사이를 건널 땐 약간의 짜릿함과 공포스러운 부분도 있어 매력적인 오작교였다. 쉽게 말하면 백화점 연결 통로 모양이고, 통유리가 전체를 덮고 있는 구조이다.

불행했던 건 1학년 교실이 있는 5층에 대강당과 교무실이 있어서 1학년 학생들은 언제나 교무실 시야각에서 벗어날 수 없다는 점이었다. 이처럼 교실과 여타 공간이 분리된 구조이다 보니 학습엔 최적화된 곳이었다. A 건물은 주야장천 공부만 하면 되는 곳이고 한 번 들어가면 수업이 끝날 때까지 나갈 수 없는 공간이었는데 창살 없는 독방 같은 느낌이랄까? 그래도 나름의 깨알 재미는 있었다.

어쨌거나 독방 탈출의 유일한 방법은 쉬는 시간이 될 때마다 5층 오작교에 나와 친구들과 수다를 떨고 어렴풋이 통유리 사이로 보이는 바깥 풍경에 감탄하며 보내는 것이었다. 어쩌다 간식을 사 먹으러 매점에 갈 때도 있지만 5층에서 1층으로의 모험은 쉽지 않았기에 매점보단 오작교가 더 좋았다.

이렇게 신학기와 함께 학교에 적응해가고 있을 무렵, 슬슬 근질거리기 시작했다. 호기심에 발동이 걸린 것이다. 야자 초반에는 책상에 잘 붙어 있다가 거의 중후반쯤 되면 B 건물에 가고 싶다는 생각이 간절해지는 것이다. 솔직히 B 건물에 가기 전 오작교를 지날 때 그 기분이 좋아서 더 간절했던 것 같다. 야자 중반쯤 되자 괜스레 화장실에 가고 싶다는 의지를 만들어 슬금슬금 밖으로 나오고 있었다.

천천히 복도를 지나 오작교 쪽으로 걸어가는데 어디선가 피아노 소리가 들렸다. 밤에 듣는 피아노 소리, 정말 달콤할 것 같지만 심장을 쪼그라들게 하는 데는 최적의 조건이었다. 천천히 소릴 따라 걸어가고 있는데 소리가 나는 쪽으로 더 다가가면 딱 멈추는 게 아닌가?

5층엔 교무실과 화장실 그리고 대강당뿐이었고 피아노 소리가 났다면 분명히 야자 감독 선생님께서 가만히 계시질 않았을 텐데. 더군다나 교실에 상주하시는 게 아니라 처음 시작과 끝날 때만 각 교실로 다니시고, 남은 시간엔 교무실에 계셨던 상황이니 분명 그 타이밍에 밖에 나와보셨을 건데 아무도 나와 계시질 않았다.

그냥 잘못 들었을 거로 생각했지만 그래도 혹시 몰라 얼른 교무실로 달려갔다. 문을 두드리니 야자 감독 선생님의 목소리가 들렸다.

"어! 누구니?"

"쌤! 방금 이쪽에서 피아노 소리가 들리던데 혹시 못 들으셨어요?"

다급한 목소리로 여쭤봤다.

"피아노 소리? 못 들었는데? 무슨 소리가 들렸다는 거야?"

선생님께서는 어이가 없다는 표정을 지으셨다.

"분명히 들렸어요! 아주 정확하지는 않았지만 제가 소릴 따라가니 멈췄어요!"

"에이그! 이 녀석! 땡땡이치고 싶어서 괜히 그러는 거지? 안 그러던 녀석이 땡땡이질이야! 얼른 교실로 들어가!"

"네? 저 땡땡이 아니에요! 화장실 가려고 나온 거예요. 하던 일 마저 마무리하고 교실 갈게요. 그런데요, 쌤. 저 무서운데 화장실 좀 같이 가주시면 안 될까요?"

"뭐? 너 겁쟁이구나? 애처럼 화장실도 혼자 못 가고……. 근데 하던 일이라는 게 화장실이야? 아무튼 알았어. 아이고 참."

이렇게 화장실을 다녀온 후 나는 거국적으로 겁쟁이가 되었다. 그 상태로 여러 날이 지나가고 있었고, 약간 억울했지만 당장 증명할 방법이 없으니 어쩔 수 없었다. 그러다 이번엔 같은 야자 시간에 진짜 화장실에 가고 싶은 순간이 생겨 교실 밖을 나오는데 친구 예지도 함께였다. 잘 됐다 싶어 둘이 이런저런 얘기를 하며 오작교를 지나고 있었는데 전에 들었던 피아노 소리가 또 들리는 것이다.

"예지야! 저 소리 들려? 피아노 소리!"

"어! 들려! 근데 이 소리 좀 이상한데? 왜 딴 세상 소리 같지?"

예지의 영혼 없는 멘트에 내 콧구멍에선 스팀이 나오고 있었다.

"뭐? 딴 세상? 뭔 세상? 아! 얘 또 시작이네, 이건 현실 피아노 소리잖아! 잘 들어봐!"

"아냐! 이건! 그럼 가보자. 어디서 나는 소린지 확인해야겠어."

후덜거리는 다리로 예지의 손에 이끌려 소리를 따라갔다. 내 의지는 모두 무시된 채 질질 끌려가다시피 가게 된 거였다.

소리가 나는 쪽을 향해 가고 있는데 순간 소리가 뚝 멈췄다.

그와 동시에 우리의 걸음도 같이 멈췄다.

1~2분 정도 가만히 있으니 다시 피아노 소리가 들렸다.

역시 소리의 출처는 대강당.

살금살금 걸어가 대강당 문 앞에 서자 소리는 더 또렷이 들렸다. 대강당엔 피아노가 한 대 있었기 때문에 누가 이 밤에 연주하고 있는 건지 몹시 궁금해졌다. 가만히 귀 기울여 듣고 있자니 꽤 익숙한 멜로디였다.

〈아드린느를 위한 발라드〉

약간 둔탁하게 막힌 듯한 소리였지만 분명 그 곡이었다. 그렇게 소릴 들으며 예지가 대강당 문을 열려고 하는데 열리지 않았다. 잠긴 상태. 피아노 소리는 계속 들렸고, 점점 커지자 예지는 문을 두드렸다. 그러자 소리는 멈췄고 잠시 뒤 피아노 전체를 마구 두드리는 소리가 들렸다.

[쾅! #$!#@%쿵@^%♪ ♫ ♩ ♭]

"꺄아아악~!"

그 소리를 듣는 순간 나는 온 동네가 떠나갈 듯 비명을 지르며 교실을 향해 뛰어갔다. 내가 꽥꽥거리며 지나가니 야자 감독 선생님께서 교무실에서 황급히 나오셨고, 각 교실은 아수라장이 되어 있었다. 난리를 치며 교실로 뛰어 들어오는 나를 보고 반 친구들은 무슨 일이냐며 물었지만 나는 아무 말도 못 하고 덜덜 떨고만 있었다. 선생님 중 한 분이 괜찮냐고 하셨고, 난 눈물이 그렁그렁해서 아무 말도 못 하고 서 있다가 예지한테 다시 달려갔다.

다들 난리가 난 통에 야자 감독 선생님들은 그 소란스러운 상황을 수습하셔야 했고 나머지 한 분은 대강당 앞에 우두커니 서 있는 예지에게 가서 무슨 일인지 물어보고 계셨다. 예지의 이야기를 들은 선생님은 예지를 뒤로 두고 대강당 문을 열려고 하셨다.

황당한 건 예지와 내가 열려고 할 때는 절대로 열리지 않던 문이 선생님께서 열 땐 그냥 쓰윽 열렸다는 거다. 더군다나 그 안에는 아무도 없었다는 게 더 당황스러웠다. 나의 눈에는 그랬지만 예지는 뭔가 다른 걸 감지했는지 대강당 무대 쪽에 있는 피아노를 뚫어져라 보고 있었다. 무속인인 어머니를 둔 예지도 보이지 않는 뭔가를 느끼기도 하고 보기도 해서 대강당을 살피고 있는 것이었다. 떨리는 목소리로 예지에게 물었다.

"뭐…… 뭐가 있어? 보이는 거야?"

"어, 있어. 피아노에 한 녀석이 앉아있네. 피아노 치다가 소유니 네 소리에 놀랐다고 말하고 있어."

"뭐? 나 때문에? 뭔 소리야?"

"어, 가만! 조용히 해봐."

예지는 그렇게 한참을 서서 피아노에 있는 영과 대화를 나누고 있었다. 예지가 그 영과 대화를 나누고 있는 사이 야자 감독 선생님들은 전교생의 분위기를 잡아주셨고 예지 옆에 서 계시던 다른 선생님은 예지의 기이한 모습에 반쯤 혼이 나간 상태였다. 선생님께서 놀라실까 봐 나는 슬며시 다가가 귓속말로 예지가 어떤 집안 환경인지 말씀드렸고, 선생님께서는 그제야 이해하시며 예지의 대화가 끝날 때까지 조용히 뒤쪽에 물러서 계셨다.

모든 것이 정리되고 야자가 끝나 집으로 돌아갈 때 예지에게 피아노의 영과 무슨 얘길 했는지 물었다. 예지는 한숨을 쉬며 차분하게 말을 하기 시작했다.

"피아노에 앉아있던 녀석은 이 학교가 재건축되기 전 여길 다니던 학생이었고, 음대를 목표로 준비하고 있었대. 근데 늦은 시간까지 연습하고 집에 가는 길에 교통사고가 났고, 대입을 치르기도 전에 목숨을 잃었다는 거야. 자신의 꿈을 펼치기도 전에 안타까운 죽음을 맞이한 거지. 밤마다 대강당에 와서 못다 이룬 꿈을 나중에 환생하면 이루기 위해 열심히 연습했대. 훗날 만나게 될 새로운 부모님이 좋아할 수 있도록 말이야. 음악실에서 연습할 수도 있었지만, 나중에 실기시험을 칠 때 긴장하지 않으려면 대강당에서 연습하는 게 낫다고 생각했대.

그러다 우연히 우리한테 들켰다면서 소유니 네게 놀라게 해서 미안하다고 하더라. 근데 자기도 놀랐대. 소유니 네가 너무 소릴 질러서! 그러니까 목청껏 외쳐대는 거 그만 좀 하지? 이제 적응할 때도 되지 않았냐? 나랑 다니면 종종 있는 일인데 넌 어째 매번 난리냐? 이제 적응 좀 해. 제발."

"아! 몰라! 몰라! 적응 안 돼! 아니 못하겠어! 난 평민이고 예지 넌 슈퍼 내추럴이잖아! 내가 어떻게 적응하냐? 난 쪼렙, 넌 만렙인데! 하여튼 피아노 녀석은 안타깝다. 나중에 꼭 환생해서 원하는 음대도 가고 멋진 피아니스트가 되길 기도해줘야겠네."

그렇다. 나도 나름 강심장인데 이런 순간에 멘탈이 날아가 버리니…….

예지랑 지내면서 오랫동안 겪었지만, 아직도 적응 불능 상태다. 어찌 됐건 가끔 야자 중간 시간에 예지와 오작교에 나오면 여전히 피아노 소리는 들려왔다.

다행히 이젠 그냥 편히 들을 수 있었고, 나중엔 그 녀석에게 목청껏 외치기까지 했다.

"피아노야! 제발 곡명 좀 바꿔라! 아드린느는 지겹단 말이야! 노력 좀 해봐! 업그레이드해야 음대도 잘 가는 거야! 알겠냐?"

이렇게 말하며 예지와 나는 오작교 위에서 서로 미소 지은 뒤 맘속으로 그 피아노 녀석의 한이 풀리길 바라는 마음을 나누고 있었다. 신기하게도 그 맘을 읽었다는 듯 피아노 녀석은 곡명을 바꿔가며 연주하기도 한다.

어찌 보면 무섭거나 그런 내용은 아니지만 한 젊은 친구의 못다 이룬 꿈에 대한 간절함이 나와 예지에게 전달되어 그런 일이 일어난 게 아닌가 싶기도 하다. 지금쯤이면 환생해서 멋지게 성장하고 있지 않을까? 먼 훗날 세계에서 위상을 떨칠 만한 피아니스트가 되길 진심 간절히 바라고 있고 또 그렇게 될 거라 믿는다.

느낌이 이상한 사람은 쳐다보지 마세요

해군 복무 시절 타 함정 선임에게 일어났던 실화이다.

어느 무더운 여름이었다. 뙤약볕이 내리쬐는 날, 고된 수리 기간을 마친 우리 함정은 출동대기를 하며 모항에 정박 중이었다. 사실 해군에게, 아니 나 같이 장비가 많고 힘든 직별에게 수리 기간은 정말 고된 기간이다. 할 일도 산더미처럼 많아지고 신경을 써야 할 장비들이 한두 개가 아니다 보니 일과가 끝나고 나면 몸은 녹초가 되기 마련이다.

수병들은 자기들끼리 휴가 차수를 짜서 순서대로 계속 휴가를 나가지만 나 같은 함정 간부들은 1년에 휴가를 두 번 이상

나가기 어렵다. 하지만 그 얼마 되지 않는 황금 같은 휴가는 이 때가 아니면 나갈 수 없으니, 수리 기간이란 나에게 당근과 채찍을 동시에 받은 것과 같은 시간인 셈이다. 그러던 어느 날, 우리 함정의 대위님께서 아침 일과 정렬 때 대원들 앞에서 말씀하셨다.

"어, 여러분. 저희 이번 수리 후 첫 출동 정해졌습니다."

그 말에 대원들이 수군거렸다.

"그거 어디로 간답니까?"

우리 배의 원사님께서 말씀하셨다.

"아 저희 이번에 A 섬으로 갑니다."

그 말에 웅성거림은 더욱더 거세졌다.

"뭐? 방금 뭐라고 하셨냐? A 섬?"

"와…… 거기에 간다고?"

"전 한 번도 가본 적 없지 말입니다."

"거기 완전 꿀이야. 가면 할 거 없어."

대원들은 들떴는지 각자 한껏 더 떠들어 대기 시작했다.

A 섬은 함정들 사이에서 인기가 좋다. 우리가 원래 가는 전방 격전지와 달리 비교적 후방이어서 긴장감도 조금 덜하고 비상 상황도 생기지 않기 때문이다. 그래서 대원들은 이곳을 가면 최

소한의 대비태세를 갖춘 채 독서나 체육활동 등 개인 여가를 즐기기도 한다. 하지만 본래 우리의 구역이 아닌지라 평소에는 가고 싶어도 갈 수 없는 섬이다. 나는 여태 두 번 가본 적이 있어서 대충 어떤 곳인지는 알고 있었다.

아침 일과 정렬이 끝난 후, 일과 전 중갑판에서 수병들과 모여 수다를 떨었다.

"김찬욱 하사님, A 섬 가보셨습니까?"

"어. 뭐, 작년에 한 번 갔었지?"

"아, 거기 어떻습니까? 가면 막 나가서 사제음식 먹고 낚시도 하고 그런다는데?"

"야, 거기가 아무리 편해도 그렇지. 그래도 출동지야. 놀러가는 것도 아닌데 낚시는 무슨! 뭐 사제음식 정도는 먹을 수 있겠네."

"아, 그렇습니까? 그럼, 거기 회도 팝니까? 저희도 보고하고 나갈 수 있으면 가고 싶은데……."

"어. 거기 회도 팔고 식당 맛있는 곳 있는데 갈 수 있으면 같이 가자."

"와, 좋습니다!"

그렇게 우리는 며칠 후 A 섬으로 가게 되었다. 모항에서 출항

한 지 몇 시간 정도 지났을까. 어느새 배는 A 섬 부두 쪽 방파제를 통과하고 있었다. 중갑판에 서자 오랜만에 보는 섬의 풍경과 섬에서 불어오는 공기가 기분 좋게 느껴졌다. 출동지역치고는 참 정겹고 평화로운 섬마을이었다. 부두에는 나와 친한 선배가 홋줄을 받으러 나와 있었다. 나는 경례를 하며 인사했다.

"필승! 하사님, 오랜만입니다."

"어? 이번엔 너희 배가 왔네? 거 위쪽에 있으면 힘들 텐데 잘 왔다! 여기서 푹 쉬다 가라."

"예. 요양 좀 하다가 가야지 말입니다. 아니 근데 하사님, 쫌 밥이 있지 후임들은 뭐하고 직접 홋줄을 받으러 나오십니까?"

"어휴 몰라. 다들 어디 뭐 다른 작업 나가 있겠지. 나중에 기지에 밥 먹으러 올라와라. 오늘 점심 맛있는 거 나오더라."

"옙! 나중에 뵙겠습니다."

입항 뒷정리 후, 나는 점심 식사를 마치고 오후에 별다른 일과가 없다고 해서 전에 여기 왔을 때처럼 혼자 섬 이곳저곳을 산책했다. A 섬은 군용 부두를 둘러싸고 있는 철조망과 섬 내부에 있는 기지 건물을 제외하곤 민간 어민들이 살고 있고, 낚시철이 되면 외지인들이 여행 삼아 낚시도 하러 오는 그냥 평범하고 작은 섬마을이다.

경치도 좋고 바람도 시원하게 불어 꽤 괜찮은 곳이었던 등대가 생각나 이번에도 역시 산책을 하다 자연스럽게 발길이 그곳으로 향했다. 항구 쪽에서 등대까지는 걸어서 한 20분 정도 걸리는데 그날은 날씨도 덥고 골짜기도 넘어야 해서 땀도 나고 조금 힘들었다. 하지만 도착해서 바라본 풍경은 그 수고를 잊게 할 만큼 작년과 변함없이 아름다웠고, 바다에서 불어오는 시원한 바람은 내 땀을 식혀주었다. 그리고 난 예전처럼 주머니에서 이어폰을 꺼내 핸드폰으로 노래를 들으며 경치를 감상하고 있었다.

그렇게 한참 사색에 잠겨있을 무렵, 저 멀리 등대 아래쪽 절벽 돌 바위에 사람이 있는 것을 보았다. 처음에는 그냥 낚시를 하러 온 사람인가 생각했는데, 자세히 보니 낚싯대는 가지고 있지 않고 스케치북 같은 걸 들고 있었는데, 그냥 하얀 원피스를 입은 여자였다. 모습을 보아하니 이 섬에 놀러 와서 나랑 똑같이 바다 구경을 하러 왔다고 생각하며 무심코 그냥 그 여자를 바라보았다. 하늘하늘하고 새하얀 예쁜 원피스를 입은 그녀의 뒷모습을 보고 있으니 나는 문득 여자의 얼굴이 궁금해졌다.

'어떻게 생겼으려나? 머리도 길고 날씬해 보이는데, 혹시 내 스타일인가?'

그렇게 생각하던 찰나 그녀가 고개를 돌려 내 쪽을 바라보았다. 갑자기 뭔가 좀 쑥스러워진 나는 순간적으로 고개를 휙 돌려 다른 곳을 보고 있던 척을 했다. 하지만 그녀는 나와 눈이 마주친 걸 알아챘는지 나를 보며 손을 흔들어주었다. 먼저 인사를 건네는데 모르는 척할 수도 없고, 나도 웃으면서 그녀에게 손을 흔들며 인사했다. 멀리 있어서 아쉽게도 얼굴은 잘 보이지 않았지만 그래도 여자친구가 없던 나에게 그녀가 먼저 건넨 인사는 마음을 두근거리게 하기에 충분했다.

'성격이 되게 밝은 것 같네. 난 저런 사람이 좋더라.'

그 후 우린 멀리서 서로를 마주 보고 한참 동안 손을 흔들었고, 몸으로 제스처도 해가며 나름 의사소통도 했다. 뭔가 친근감도 느껴지고 잘 통하는 것 같아 기분이 좋았다. 그러던 와중 그녀가 갑자기 손에 들고 있던 스케치북인지 공책 같은 거에 뭔가를 적더니 나에게 펼쳐서 보여주었다. 뭔지 궁금해서 보려고 했지만, 난 시력이 그리 좋지 않았고 멀리 떨어져 있어서 잘 보이지 않았다. 눈살을 찌푸려 어떻게든 보려고 했으나 역부족이었다. 그녀도 내가 보이지 않는다는 것을 알아챘는지 스케치북을 다시 접어들고 어디론가 걸어가더니 내 시야에서 사라졌다.

'아, 가버렸네. 에이 참, 뭐라고 적은 거지? 괜찮은 여자 같았

는데 아쉽구만……. 어휴, 나도 이제 슬슬 돌아갈까?'

그녀와의 짧은 만남을 뒤로 하고, 나는 다시 우리 배로 복귀했다. 이윽고 시간은 저녁 6시쯤이 되었고, 일과 시간이 끝난 우리 대원들은 오늘 낮에 이곳 기지 대장에게 보고를 했던 터라, 퇴근 시간 이후에는 각자 사복을 입고 나가 자유시간을 보낼 수 있었다.

"야, 찬욱아. 우리 식당 갈 건데 같이 갈래?"

"아, 오늘 저녁은 밖에서 드실 겁니까?"

"어. 너도 가자. 빨리 와."

선배의 제안에 응하며 수병 민태를 불렀다.

"옙! 금방 나가겠습니다. 민태야. 너도 가자. 너 아까 회 먹고 싶다며?"

"아, 저도 가도 됩니까? 나이스!"

오랜만에 대원들과 다 함께 맛있게 식사했고, 나는 배로 돌아와서 남은 잔업을 좀 하다가 잠들었다. 그리고 다음 날, 여느 때와 같이 오전 일과 후 점심을 먹고 오후에 소화도 시킬 겸 섬 이곳저곳을 돌아다녔다.

'여긴 이래서 좋단 말이지. 오후엔 별일 없으면 각자 하고 싶은 걸 할 수 있으니 말이야.'

그리고 오늘도 나의 발걸음이 다다른 곳은 그 등대였다. 묘하게 사람을 끌어들이는 매력이 있어 다시 방문했고, 그렇게 또 노래를 들으며 경치를 구경하고 있을 때 어제 봤던 그녀가 그곳에 있었다. 그녀는 내가 올 것이라는 걸 마치 알고 있었다는 듯 이쪽을 이미 보고 있었다. 그리고 어제처럼 나에게 손을 흔들어 인사를 해주었다.

'어? 오늘 또 왔나 보네? 역시, 여긴 사람들이 좋아하는구나.'

어제처럼 우린 다시 몸짓으로 대화를 하며 시간을 보냈다. 어디서 왔는지 몇 살인지는 알 수 없었지만, 그냥 멀리서나마 보는 것만으로도 난 좋았다. 그리고 그녀는 또 스케치북을 펼쳐 뭔가를 보여주었다. 하지만 난 알아보지 못했고, 그녀는 다시 어디론가 사라졌다.

그렇게 나는 매일 점심을 먹고 난 뒤 등대로 갔고, 그녀는 항상 그 자리에서 나를 반겨주었다. 나에게는 그것이 소소한 즐거움이 되었고 일과가 되었다. 상냥하게 손을 흔들어주는 그녀가 난 마음에 들었다. 하지만 항상 그녀는 마지막에 나에게 무언가가 적힌 스케치북을 보여주고는 사라져버렸다. 나는 그게 무엇인지 너무나도 궁금했다. 날마다 뭔가 보여주긴 하는데, 멀어서 알아볼 수가 없으니 답답할 따름이었다.

출동 기간이 일주일 정도 지난 무렵, 나는 그녀가 항상 나에게 무언가를 써서 보여주니 나도 뭔가 대답할 겸 궁금한 걸 물어보고 싶었다. 그래서 나도 종이에 '어디에서 오셨어요?'라고 적어 점심 때 등대로 갔다. 애들도 아니고 뭔가 좀 유치한 기분이 들긴 했지만 뭐 어떤가, 역시 그녀는 오늘도 그곳에 서 있었다. 나는 인사를 건넨 후 그녀에게 가져온 쪽지를 힘껏 던졌다. 그녀는 내 쪽지를 주워 읽어보더니 이번에도 역시 무언가가 적힌 스케치북을 보여주었다.

'아 뭐야. 저렇게 하면 뭐라고 하는지 알 수가 없잖아. 참 저 여자도 어떻게 맨날 저기 있는 건지……. 외지 사람이 아니라 그냥 여기에 사는 사람인가?'

여행객이라면 보통 길어봐야 4일 정도 있을 텐데 일주일이나 넘게 봤기 때문에 꽤 오랜 시간 동안 만난 것이었다. 그리고 항상 같은 장소, 변함없이 입고 있던 저 하얀 원피스. 뭔가 외지인 같지는 않았다. 조금 이상한 기분이 들기 시작했다.

"아, 그래!"

문득 아이디어가 떠오른 나는 노래를 듣고 있던 핸드폰을 들고 여자가 들고 있는 스케치북을 카메라로 찍었다. 그리고 찍은 사진을 손가락으로 확대해서 보려는 순간,

"어? 거기, 뭐하고 계세요?"

누군가 뒤에서 나에게 말을 걸어왔다. 그리고 그녀는 어김없이 또 어딘가로 사라졌다.

"아, 저, 그냥 여기 경치가 좋아서 구경하면서 사진 찍고 있었어요. 근데 누구세요?"

"저는 여기 등대 관리하는 사람이에요."

등대 바로 뒤에는 집이 한 네 다섯 채 정도 있는데 이 아저씨도 아마 그쪽에서 나오신 것 같았다.

"저, 근데 혹시 요 며칠 여기서 누구랑 만나거나 이야기하셨어요?"

"아……. 아뇨. 만난 건 아니고 저기 저쪽 바위에 어떤 여자분이 매일 서 계시길래 그냥 인사 정도만 뭐, 근데 그걸 어떻게……?"

"에? 거 누군가 했더니 당신이었군요!"

"예? 왜, 왜요? 제가 뭐 잘못한 거라도……"

"하이고, 그 여자 보면 안 돼요!"

"아니, 왜요?"

"그 여자 미친 여자예요. 전에 여기에서 살던 내 후배도 그 여자 보고 난 뒤로 그 미친 여자가 밤이고 낮이고 매일같이 찾아와서는 소리 지르고 집, 창문 두드리고, 그러는 바람에 무서워서 못 살겠다고 다른 곳으로 발령 갔어요. 어휴, 그러고는 잠잠해 지는가 싶더니, 아니 글쎄 그 안 보이던 여자가 갑자기 나타나 서는 요 며칠간 계속 이젠 우리 집 창문을 두드리는 게 아니겠 어요? 매일 이 시간대에 찾아와서 자꾸 여기 있던 남자 못 봤 냐고 그러잖아요."

"네? 미, 미친 여자요? 서, 설마 그럴 리가……. 말도 안 돼. 아 니 그리고 저쪽 절벽에서 여길 올 수 있어요? 길 없지 않나요?"

"길이 없긴 왜 없어요. 저쪽 바위로 내려가면 고기도 잘 잡혀 서 낚시꾼들이 많이 가는 길인데, 그러니까 그 미친 여자도 이 쪽으로 올라왔겠지요."

그 아저씨가 가리키는 곳을 바라보니 정말 절벽 쪽으로 내려 가는 길이 있었다. 여태 매일 그 여자를 만나며 이건 미처 몰랐 었다.

"그, 그럼 설마……."

나는 심호흡하고, 떨리는 손으로 방금 찍은 사진을 확대해보 았다. 그러자 사진에는 이렇게 적혀있었다.

[지금 올라갈 테니까 기다려.]

순간 눈앞이 아찔했다. 매일 나에게 소소한 행복을 주던 그녀가 이제는 무서워졌다. 등줄기에서 식은땀이 줄줄 흘렀고, 아저씨가 말을 이었다.

"그래서 물어본 겁니다, 그리고 혹시…… 지금도 봤어요?"

"예. 조금 전에 봤어요. 그러고 없어졌어요."

그리고 곧 아저씨가 가리켰던 길에서 누군가가 올라오는 발소리가 들렸다.

"이런 니미, 또 올라왔구먼! 빨리 저쪽으로 가서 숨어요!"

나는 미친 듯 뛰어서 집들 뒤에 있는 큰 나무 뒤에 몸을 숨겼다. 그리고 숨죽이고 그 길 쪽을 쳐다보는데 누군가가 올라와 아저씨에게 말을 걸었다. 그리고 내가 멀리서만 보던 것의 실체를 보고야 말았다.

"아저씨. 여기 있던 남자 못 봤어요?"

겁에 질려 심장이 터질 듯 요동쳤다. 내가 보았던 하얗고 예뻤던 원피스는 너덜너덜 누더기처럼 찢어져 군데군데 핏자국 같은 것이 묻어 있었고, 날씬해 보이던 몸매는 날씬하다 못해 앙상하게 뼈만 남아 있었다. 그리고 찰랑거리던 긴 생머리는 산발처럼 헝클어져 숱이 많이 빠져 있었다.

그리고 특히 그 눈.

눈이라기보다 안구라는 말이 맞을 정도로 튀어나올 듯한 모습이었다. 눈두덩이는 움푹 패어 있고, 돌출된 그 눈이 나를 미치게 했다. 뭐랄까, 전체적인 그 모습은 마치 아는 분들은 알고 있는 모모 귀신. 맞다! 모모 귀신과 매우 흡사해 보였다.

"아니, 이 여자가? 날마다 찾아와서 귀찮게 구는 것도 유분수지. 내가 없었다고 몇 번을 말해? 당장 저리 가!"

"아닌데. 내가 봤는데."

"글쎄, 아무도 없었다고 해도 그러네? 당신 자꾸 그러면 나도 가만히 안 있어? 어?"

"아니야! 내가 봤다고!"

앙칼지고 악에 받친 목소리가 내 귀를 찔렀다.

괜히 나 때문에 저 여자가 매일 저렇게 찾아왔다고 생각하니 정말 소름 끼치면서도 미안해졌다. 그 와중에 여태 얼마나 귀찮게 굴었으면 저런 기괴한 모습을 한 여자의 모습에도 침착하게 대응할 수 있는지…… 그렇게 둘이 한창 실랑이하던 그때 여자가 말했다.

"어? 저기 있네?"

심장이 철렁했다.

난 숨죽인 채 잠자코 머리를 숙였어야 했다. 너무 당황해서 멍하니 그쪽을 보고 있다가 그만, 그 여자와 눈이 마주치고 말왔다.

"거봐. 아저씨. 내가 있다고 그랬잖아. 깔깔깔."

그 순간 나는 왔던 길로 뒤도 돌아보지 않고 뛰었다. 저 여자에게 잡히면 무슨 일을 당할지 모른다는 생각이 들었다. 다리가 휘청거려 제대로 발이 뻗어지지도 않았지만, 그저 이를 악물고 달렸다.

"낄낄낄. 도망쳐도 소용없어. 내가 네 얼굴 다 봤다! 내가 이제 너 쫓아간다! 히히히."

뛰어가는 내 뒤에 대고 그 여자가 소리쳤다. 불쾌하기 짝이 없는 저 웃음소리, 그리고 쫓아오겠다는 그 말이 나를 더욱 공포로 몰아넣었다. 그리고 그때, 나는 또 한 번의 실수를 하고야 말았다.

'툭!'

아까 쪽지를 쓰고 상의 주머니에 넣어뒀던 볼펜 하나가 땅에 떨어졌다. 그깟 볼펜 하나쯤 신경도 쓰지 않고 그대로 배가 있는 곳까지 뛰었다. 정신없이 한 10분쯤 달렸을까, 배에 도착했을 때 난 땀으로 흠뻑 젖어있었다.

"어? 하사님. 어디 갔다 오십니까?"

"어? 헉헉……. 아니 그냥. 어디 좀 갔다 왔어."

"축구하다 오셨습니까? 에이, 그럼 저도 좀 불러주시지."

"아니야. 그, 그냥 좀 뛰다가 왔어."

"이거 물 좀 드십쇼. 땀 너무 많이 흘리십니다. 근데 안색도 좀 안 좋아 보이십니다. 날도 더운데 너무 무리하신 거 아닙니까?"

"아냐, 괜찮아. 고맙다."

"오늘 기지 저녁밥 별로라던데 저희 그냥 배에서 컵라면에 냉동 드시겠습니까?"

"켁켁……. 어. 그러자."

나는 샤워를 한 후 배에 남아있는 민태와 다른 선임들과 함께 컵라면을 먹었다. 그리고 아이스크림도 먹고, 게임도 하면서 모두와 같이 웃고 떠들며 즐겁게 저녁 시간을 보내면서도 나는 좀처럼 오늘 낮에 있었던 일 때문인지, 멀리서 상상하던 그 여자의 실체가 내 생각과 달라 속상했던 건지, 마음 한구석이 찝찝했다.

"아오, 졌네. 야, 너 나 몰래 이거 연습했지?"

"에이, 아닙니다. 원래 실력이 좀 타고나야 합니다."

"웃기고 있네! 야, 근데 찬욱이 넌 왜 거기서 멍때려 인마? 오늘 뭔 일 있었냐? 와서 같이 게임 한 판 하자."

"아? 예. 알겠습니다."

나는 애써 대원들과 웃으면서 오늘 일을 잊으려고 했다.

'아 뭐지, 내가 봤던 모습과 전혀 다르잖아. 뭐야, 그 여자 도대체……. 그래 뭐 까짓거 올 테면 와보라지.'

하지만 신경이 쓰였던 탓인지 취침 시간이 되어 자려고 누웠는데 배가 슬슬 아파 왔다. 화장실에 가려고 침실에서 나왔는데 통로에는 민태도 나와 있었다.

"아……. 하사님 저 배가 너무 아픕니다."

"너도 그렇냐? 아우, 나도 배 아파 죽겠다."

"아까 저희 냉동식품 덜 익혀 먹은 거 아닙니까? 급하게 먹어서 그런 것 같기도 하고……."

"아우, 그런 것 같다. 같이 화장실이나 갔다 오자."

"예. 근데 낮에 보수장님이 배에 변기 고장 났다고 쓰지 말라고 하셨지 말입니다. 샤워실 쪽 화장실도 수리 중이라고 기지에서 쓰지 말라고 하고."

"뭐? 그럼 어딜 가야 해? 저 밖에 방파제 화장실까지 가야 하냐?"

"예. 아까 대원들도 다 거기까지 가던데 말입니다."

"아, 젠장. 어쩔 수 있냐 우리도 갔다 오자. 현문! 나 민태랑 밖에 화장실 좀 갔다 올게."

"예! 다녀오십쇼."

배에서 나와 샤워실 바로 옆에 있는 철조망 문을 열고 방파제에 있는 민간 공중화장실까지는 대략 200m 정도. 어쩔 수 없이 우리는 거기까지 가기로 했다. 그런데 거의 다 와 가던 도중에 휴지가 없다는 것이 생각났다.

"민태야, 근데 여기 휴지 없지 않냐? 나 깜빡하고 잊었다."

"아, 맞다. 저도 안 가져왔는데, 아오. 어떡하지……."

"야, 진짜 미안한데 네가 좀 가서 가져와 주라. 나 진짜 못 참을 것 같다. 아오……."

"예? 아, 저도 급한데……."

"그럼 어쩌겠냐 한 명은 가서 가져와야지, 나 진짜 급해서 그래. 네가 좀 갔다 와주라. 어?"

"아, 알겠습니다."

나는 허겁지겁 화장실로 뛰어 들어와 변기에 앉았다. 그렇게 한 5분 정도 후, 볼 일을 다 봤을 때쯤 휴지가 옆에 있다는 걸 알아챘다.

'아, 이 자식은 휴지를 만들어서 가지고 오나. 왜 이렇게 안 와? 어? 휴지가 있었네. 다른 사람이 갖다 놓은 건가? 아, 민태 이 녀석, 미안하네. 일단 이걸로 처리하고 나가야겠다.'

그렇게 뒤처리하고 나가려는데 누군가 화장실로 들어오는 소리가 났다.

그리고 내가 있는 칸을 노크했다.

[똑. 똑.]

"아, 민태냐? 어우야, 미안하다. 여기 휴지 있었네. 나도 진짜 있는 줄 몰랐다. 미안해."

내가 있다는 걸 알았는지 옆 칸으로 들어가 변기에 앉는 소리가 났다.

"야, 뭐야! 인마, 화났냐? 바지에 똥 안 지렸어?"

그때, 밖에서 누군가가 날 부르는 소리가 났다.

"김찬욱 하사님! 거기 방금 이상한 여자가 들어갔습니다! 나오십쇼! 어? 하사님. 위에! 위에!"

민태의 목소리였다.

그것도 아주 다급한…….

그리고 위에라니?

난 반사적으로 위를 쳐다봤다.

그리고 거기에는 낮에 봤던 그 미친 여자가 옆 칸 변기에 올라가 날 내려다보고 있었다. 아주 잠깐 본 거였지만, 입은 헤벌쭉 웃고 있는데 왠지 치아와 입안이 새까만 모습이었다.

"으아악!"

난 화장실 문을 박차고 뛰어나왔다. 그러자 동시에 옆 칸에 있던 그 여자도 변기에서 내려와 문을 열고 나왔다. 화장실에서 뛰쳐나가려는 그 찰나 내 오른쪽 바지 주머니 속에 손이 들어오는 것이 느껴졌다. 난 그 여자가 내 옷을 잡으려고 손을 댄 것으로 알고 잽싸게 뛰었다.

"야! 뛰어!"

민태에게 소리쳤다.

"으어어! 하사님. 저거 뭡니까?"

"몰라. 인마, 그냥 튀어!"

우리는 배가 있는 부두까지 미친 듯이 뛰었다. 그렇게 뛰던 도중 민태가 뒤를 한 번 돌아보더니 겁에 질려 훨씬 더 빠른 속도로 나를 앞질러 도망갔다.

"으아아악!"

나도 뭔가 싶어 뒤를 돌아봤는데 그 기괴한 모습을 보고 나니 나보다 못 뛰는 민태 녀석이 어떻게 그리 빨리 뛰어갔는지 알 수 있었다.

그 미친 여자가 다리를 쩍 벌려서는 땅에 엎드려 기어서 쫓아오고 있었는데 팔, 다리가 비쩍 마른 것이 꼭 거미가 기어 오는 것 같았다. 그리고 입에 뭔가를 물고 목은 반쯤 꺾어 비틀려져 있었는데, 입에서는 방금 본 것처럼 턱부터 목 아래까지 시커먼 무언가가 흐르고 있었다.

그냥 그런 자세를 하고 성인 남자가 뛰어가는 속도로 따라온다는 것은 인간이 할 수 없는 것이었다. 그걸 본 나도 철조망이 있는 곳까지 미친 듯 뛰었다.

[철컹!]

간발의 차이로 나와 민태가 철조망 안으로 재빠르게 들어가 문을 닫았고, 따라 들어오지 못한 여자는 기어 넘어올 듯 철조망에 매달렸다. 이렇게 가까이서 여자의 모습을 본 적은 없었는데 그 모습은 정말이지 거미가 따로 없었다. 공포, 그 자체였다.

"키키킥. 아깝네? 잡을 수 있었는데. 이히히."

"너 뭐야? 헉헉……. 도대체 나한테 왜 이래?"

"너도 내가 좋아서 본 거잖아? 히히히. 자, 여기 네 거 가져왔어."

맙소사. 그 여자가 입에 물고 있던 건 내 볼펜이었다. 그걸 얼마나 세게 물었는지 펜이 다 깨져 잉크가 새어 나와 침과 뒤섞여 시커멓게 입안과 턱까지 줄줄 흘러내리고 있었다.

"그딴 거 필요 없어! 당장 꺼져!"

"왜? 내가 무서워? 낄낄낄. 내가 이거 넘어갈까봐 그래? 키킥. 근데 있지. 나, 이거 넘어갈 수 있다?"

그 말을 듣자 온몸에 소름이 돋았다. 지금 저 여자가 이 철조망을 넘어와 당장이라도 날 집어삼킬 것만 같았다. 그런 생각을 하니 다리가 떨리고 눈앞이 아찔해서 흐려졌다. 근데 여기서 무슨 배짱으로 이런 말을 했는지 모르겠다.

"어, 어디 한 번 와봐! 넘어오는 순간 바로 쏴버릴 거야!"

"이히히. 너 지금 총 있어?"

"뭐?"

"내가 지금 이걸 넘어가서 널 잡는 게 빠를까? 아니면 네가 배로 가서 총을 가져오는 게 빠를까? 이히히."

마치 내 상황을 훤히 꿰뚫어 보고 있다는 듯 말을 하니 나는 더욱 움츠러들 수밖에 없었다. 마치 내 약점을 다 드러낸 것만 같았다. 다시 도망을 가야 하나 생각이 든 순간.

"왜? 다시 도망가려고? 너 뒤돌아서는 순간 잡으러 간다? 낄낄."

맙소사. 이젠 아무 생각도 할 수 없었다. 이러지도 저러지도 못하고 뭘 어떻게 해야 할지 도무지 방법이 떠오르지 않았다. 마치 정말 거미줄에 걸려든 먹잇감처럼 그저 멍하니 서서 공포에 떨 수밖에 없었다. 그러자 여자가 말했다.

"근데, 너 어디 살아?"

순간 나는 그 여자에게 완전히 장악돼서 말을 하지 않으면 죽을 수도 있다고 생각하여, 하마터면 내가 사는 곳을 말할 뻔했다. 하지만 왠지 말을 해주면 앞으로 더욱더 이 여자에게 시달릴 것 같았다. 정말 내가 사는 곳까지 쫓아올 것 같았다.

"깔깔깔. 완전히 겁먹었네! 히히히. 내일 또 보자! 히히."

여자는 그렇게 말하고 다행히 사라졌다.

나는 그 자리에 털썩 주저앉았다.

옆에 있던 민태도 완전히 넋이 나가 내 옆에 쭈그리고 앉았다.

"하사님. 저 여자 진짜 모르시는 거 맞습니까?"

"하, 민태야. 일단 우리 둘 다 들어가서 자자. 내가 다음에 말해줄게."

말은 그렇게 했지만, 난 그날 밤 한숨도 잘 수 없었다. 그리고 출동이 끝날 때까지 배 밖으로 한 발짝도 나가지 않았고, 다행히 화장실은 다음날 수리되어 사용할 수 있었다.

내 마음속에 있던 이 평화로운 섬은 이제 없었다. 그저 어서 이 지옥 같은 시간이 흘러가기만 바라고 있었다. 마침내 모항으로 복귀하는 날이 되었고, 우리 배는 A 섬에서 출항했다. 멀어져 가는 섬을 바라보며 내 마음은 조금 착잡했다. 그 여자는 누구였는지, 도대체 정체가 무엇이었는지, 나한테 왜 그랬던 건지 알 수 없다.

그 복잡한 기분을 전환도 할 겸 중갑판에서 잠시 바람을 쐬고 있었다.

배는 A 섬을 돌아가고 있었다. 그때 내가 가던 등대가 눈에 들어왔다. 비록 그 여자 때문에 좋지 않은 기억이 생겼지만 그래도 마지막으로 내가 좋아했던 등대를 보기 위해 나는 배에 있는 쌍안경으로 등대를 보았다. 여전히 나에겐 똑같은 등대일 뿐이었다.

그런데 그때 절벽 아래의 바위 위, 그 여자가 눈에 들어왔다. 여자는 여전히 그때와 똑같이 스케치북에 뭔가를 써놓고 우리 쪽을 향해 있었다. 나는 순간 흠칫하며 쌍안경을 눈에서 떼고 시야를 돌렸다. 뭘 적은 건지 보진 못했지만, 왠지 뭐라고 적힌 건지 알 것 같아 보고 싶지 않았다. 그러다 문득 무언가가 뇌리에 스쳐 입고 있던 바지와 상의를 더듬었다.

상의 주머니에는 전에 내가 지갑에서 따로 빼둔 신분증이 들어있었는데, 여긴 내가 처음 도망치던 날 떨어트렸던 볼펜도 같이 들어있던 주머니였다. 만약 내가 볼펜이 아니라 신분증을 떨어뜨렸다면, 하는 끔찍한 생각이 떠오를 때 내 바지 주머니에 무슨 종이가 들어있었다. 불안한 마음이 들었지만 이게 뭔가 싶어 종이를 펼쳐보았고, 그 종이에는 내가 쓴 글과 함께 이렇게 적혀있었다.

[어디에서 오셨어요?]

[그럼 넌 어디에 사는데?]

손가락으로 쓴 것 같은 빨간 글자가 적혀있었다.

그걸 보니 또 한 번의 불안한 생각이 머릿속을 스쳐 갔다. 혹시나 하는 마음에 쌍안경으로 다시 절벽을 쳐다본 그때, 그녀는 역시 또 어디론가 사라지고 없었다.

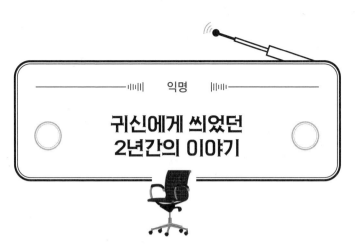

익명

귀신에게 씌었던 2년간의 이야기

때는 2015년 4월로 거슬러 올라간다.

대학 시절, 학업에 있어서만큼은 집에서 지원을 아낌없이 받았다. 아르바이트는 평생 해본 적도 없었고, 집은 서울권 2층짜리 단독주택에 살며 경제적으로 매우 풍족한 가정에서 자랐다. 방학 때마다 유럽 일주도 다니고 여러 나라를 여행하면서 20대 초반에 정말 많은 경험을 쌓았다.

그렇게 남부러울 것 없던 20대 중반, 어느덧 졸업을 앞두게 됐고 대학원에 갈 생각이었던 나는 취업에 그다지 신경을 쓰지 않고 있다가 2월 중순쯤 친구가 소개한 회사에 거의 충동적으로 입사지원서를 냈고, 합격했다.

괜찮은 연봉에 괜찮은 복지. 야근도 드물고 집에서 지하철로 30분 이내였기 때문에 조건이 아주 좋았다. 무엇보다 캐나다에 사는 친구가 관련 회사에 다니고 있었고, 이 업계는 대우가 무척 좋다고 했던 말이 생각나 만에 하나 한국 회사가 별로라고 하더라도 경력을 쌓아 해외에 취업해도 괜찮겠다 하는 안일한 생각을 했던 것이다.

지금 그 당시를 회상하면 호사다마라는 말이 생각난다. 2월에 면접을 보고 4월 1일부터 정식으로 출근하기로 결정이 났다. 한 달간의 휴가를 얻은 나는 친구들과 가까운 일본으로 2주 정도 여행을 다녀오기도 하며 시간을 보내고 있었다.

그러던 중 문제가 생겼다. 무슨 사정인지는 모르겠지만 3월 중에 회사가 급하게 이사를 하게 된 것이다. 집에서 회사까지의 거리는 편도 30분에서 2시간이 돼버렸고, 집에서 다닐 여건이 되지 않아 결국 자취를 결정하게 되었다.

자취방은 3층 건물의 투룸으로 생각보다 외지고 낡은 건물이었지만 워낙 급하게 구하다 보니 좋은 매물을 구할 수 없기도 했고, 용돈을 받을 땐 깊게 생각한 적 없는 돈의 무게가 매달 월세를 내 돈으로 내야 한다고 생각하니 괜히 더 싼 걸 찾게 되었다.

4월, 첫 출근을 한 나는 뭔가 잘못된 걸 느꼈다. 당시 회사는 사장과 사장 친구가 공동경영을 했는데 둘 사이가 좋아 보이지는 않았다. 의견이 어긋나기라도 하면 허구한 날 둘이 회의실에 들어가 서로 욕을 하며 고함을 치고, 비품을 집어 던지는 것이다. 나는 놀라서 굳어있는데 다른 직원들은 이미 익숙한 듯 아무렇지도 않게 일을 하는 모습 역시 충격이었다. 하지만 그것보다 더 큰 문제가 있었다.

내 입사가 빠르게 결정된 이유가 단순히 친구의 추천 때문인 줄 알았는데 그게 아니었다. 내 전임자가 사장과의 트러블로 싸우다가 퇴사를 하는 바람에 공석이 생겨 급하게 사람을 구하게 된 거였고, 전임자가 남겨놓고 간 업무량은 상상을 초월했다. 입사 후 4개월 정도를 거의 하루도 쉬지 않고 출근했다. 일이 너무 많아서 11~12시에 퇴근하는 게 일상이었고, 그렇게 퇴근해도 집에 와서 씻고 곧바로 노트북을 켜 잔업을 처리해야 했다. 당연히 주말에도 쉴 수 없었다. 주말에 혼자 야근할 때는 사무실에서 서러움이 울컥 차올라 엉엉 울면서 키보드를 두드려야 했다.

전형적인 블랙 회사였다. 하지만 힘든 와중에도 회사를 그만 둘 수는 없었다. 부모님께 걱정을 끼쳐드리기 싫었고, 회사를 추천해준 친구에게도 미안했고, 또 괜한 오기와 자존심이 생기기도 했다. 지금 이렇게 힘들어도 나중에 회상하면 '그런 때도 있었지'라고 할 날이 내게도 올 거라는 희망을 품고 있었다. 미련하고 바보 같은 생각이었다. 거기서 한시라도 빨리 도망쳤어야 했는데…….

8월 말이나 9월 초였던 걸로 기억한다. 여전히 매일 야근을 하고 있었는데, 이제 곧 가을, 겨울이 되면 해가 짧아지니까 사무실에서 야근하기가 무서워 차라리 집에서 노트북으로 일을 하는 게 낫겠다고 생각했다. 그런데 자취방에는 책상이 없었다. 그전까진 밥 먹을 때 쓰는 작은 미니 테이블에 노트북을 올려놓고 잔업을 하긴 했는데 그렇게 일하고 나면 등과 목이 뻐근하니 너무 아팠다. 그래서 책상을 구해야겠다고 생각만 하며 하루하루를 보내고 있었다. 그러던 어느 날, 9시에 퇴근해서 집으로 가는데 자취하는 건물 앞 재활용 쓰레기장에 입식 책상 하나가 떡하니 버려져 있었다.

가구 버릴 때 붙이는 스티커도 붙어 있었고, 배출일도 오늘 날짜가 적혀 있었다. 철제 프레임에 합판으로 된 싸구려 책상이 아닌, 모서리를 둥글게 처리한 진짜 원목 책상이었다. 척 보기에도 무거워서 3층까지 계단으로 저걸 어떻게 옮기나 싶어 발길을 돌리려는데도 욕심이 나서 두 팔을 크게 벌려 들어보니 보기와는 달리 쉽게 들렸다. 나는 키 155cm에 몸무게 43kg 정도의 작고 마른 체격이며, 힘도 그다지 센 편이 아니다. 당연히 혼자 힘으로 원목으로 된 책상을 들어 올려 3층까지 옮기는 건 불가능하다.

그런데 책상이 들린 것이다. 그것도 아주 가볍게……

"오, 들린다! 들린다!"

나는 신이 나서 좋아했고 퇴근길에 힐을 신은 그대로 책상을 끌어안다시피 들고 계단을 걸어 올라가 기어이 자취방 안에 들여놓았다. 낑낑거리지도 않았던 것 같다. 그냥 너무 좋고 신났다. 당시에는 웃을 일이 아예 없었기에 싱글벙글거렸던 그때의 기억이 지금도 생생하다.

책상을 깨끗하게 닦아 침실에 들여놓고 나니 이젠 의자가 필요했다. 새벽 2시 잔업을 마치고 침대에 누워 핸드폰으로 잠들기 직전까지 의자를 검색했지만, 마땅히 마음에 드는 게 없었다. 그렇게 시간이 또 흥청망청 지나 11월이 될 즈음, 동네에서 좀 큰 마트로 장을 보러 갔다 돌아오는 길에 가구전문점 하나가 눈에 띄어 들어갔는데 중고 가구를 파는 곳이었다.

어차피 책상도 누가 버린 걸 주워온 거고, 일은 대부분 회사에서 다 하는 데다 가끔 잔업 거리만 집에 가져와 할 건데 굳이 새것이 필요할까 싶은 생각이 들어 그곳에서 6만 원을 주고 등받이가 푹신하고 바퀴가 달린 빨간색 사무용 의자 하나를 구매했다.

시간이 흘렀고 나는 입사 8개월 만에 주임 직함을 달게 되었다. 주임이라고 해봐야 작은 회사에 나보다 낮은 직급은 없었고, 일반 사원일 때와 급여에 차이가 나는 것도 아니었다. 하지만 그냥 역할 놀이 같은 거긴 해도 나름 처음 해보는 승진이라고 들떠서 부모님과 친구들에게 자랑도 하고, 간만에 기분이 좋았다.

주임 직함을 달고 정확히 일주일이 지난날 밤. 당시엔 자려고 누워도 새벽 2, 3시까지 잠들지 못하고 오래 뒤척이는 날이 많았다. 그날도 몸과 정신은 엄청나게 피곤한데 쉽게 잠이 오지 않아 계속 뒤척이고 있었는데 갑자기 '쿵!' 하고 집안 전체가 마치 지진이라도 난 것처럼 크게 흔들렸다.

나는 화들짝 놀라 책상 아래로 기어들어 가 숨었다. 그렇게 한 5분쯤 있었을까. 조심조심 침실 창문을 살짝 열고 밖을 내다보니 밖은 가로등만 켜져 있을 뿐, 인기척이라고는 없었으며 불이 켜진 집도 없었다. 침대 옆 협탁에 올려둔 핸드폰을 쥐고 'XX시 지진'을 검색해봤지만 아무것도 나오지 않았다. 내가 착각했다고 하기엔 너무 큰 울림이었고, 온 집안 전체가 거세게 흔들렸는데 이게 지진이 아니면 뭐지 싶었다. 그리고 찜찜한 기분에 침실 불을 켜보곤 소름이 돋고 말았다.

나에겐 작은 피규어를 수집하는 취미가 있다. 20개 정도 되는 피규어를 책상에 예쁘게 세워서 장식했는데 그게 전부 똑바로 서 있는 것이다. 큰 지진이 일어났다면 작은 피규어들이 전부 쓰러졌을 텐데.

그런 현상은 그 이후로도 쭉 이어졌다. 처음엔 지진처럼 크게 '쿵!' 했는데, 나중에는 자잘하게 가구 위에서 바닥으로 점프하는 듯한 약한 '쿵!'이 됐다. 강도가 약해진 대신 횟수는 더 잦아졌고 침실과 주방 겸 거실 두 곳에서만 일어났다. 집에서 사람이 올라가서 뛰어내릴 수 있는 가구라곤 침대와 책상, 의자 그리고 싱크대가 전부라서 그랬던 것 같다. 그 소리도, 진동도 나에게만 느껴졌던 것 같다. 안 그랬으면 2층에 사는 세입자가 나를 가만두지 않았을 테니까.

다음은 이명이었다. 귀에서 삐- 하는 이명 현상이 자꾸 나타나서 반차를 내고 병원에 가도 이상이 없다고 했다. 나중에 부모님이 내 상태를 아신 후 큰돈을 들여 종합검사를 진행했을 때도 이명의 원인은 발견되지 않았다. 이명 현상은 고막이 아프도록 삐- 하고 울리다가 멈추기를 반복하고, 언젠가부터는 귀에 벌레가 들어간 것처럼 찌걱찌걱하는 소리로 바뀌고 있었다.

그리고 또 한 가지, 제일 괴로웠던 게 있다.

밤에 퇴근할 때면 가끔 누군가 내 뒤를 따라오는 듯한 발소리를 듣곤 했다. 매일 들렸던 건 아니고 일주일에 한두 번 정도로 빈도는 낮았지만, 누군가에게 쫓기는 듯한 느낌을 받아 겁을 먹으면서 집에 후다닥 들어오면 그날은 반드시 가위에 눌렸다. 하지만 이때까지만 해도 사태의 심각성을 파악하지 못했다. 몸이 이만큼 피곤한데 가위에 안 눌리는 게 오히려 더 이상할 지경이었으니까.

해가 바뀌어 2016년 2월 설날이 되었다.

전 해 추석은 일이 바쁘다는 핑계로 일부러 본가에 가지 않았지만, 설날까지 그럴 수는 없어서 본가에 갔다. 부모님은 초췌해진 내 몰골에 경악하셨고, 미련하게 왜 이제까지 말도 안 했느냐며 꼭 안아주셨다.

그 상황에서도 나는 2개월만 더 버티면 경력 1년이 생긴다고, 1년만 채우고 나오겠다는 멍청한 소리를 해서 등짝을 얻어

맞았다. 결국 그렇게 길고도 험난했던 10개월간의 회사생활을 접고 나는 본가로 왔다. 퇴사하는 과정도 구질구질하고 험난했지만 중요한 게 아니라 생략하겠다.

2년 계약했던 자취방을 정리하고 옷과 전자제품을 제외한 짐들은 마당 한쪽에 있는 창고에 보관했다. 내가 미리 짐을 싸놓고 아빠가 혼자 차로 짐을 옮겨 오셨는데, 그냥 두고 오라고 했던 책상이랑 의자를 가져오셨다. 어차피 책상은 주워온 거, 의자는 중고를 싸게 산 거였고, 내 방에도 책상과 의자가 있으니 둘곳이 없어 미련도 없었다. 그런데 아빠는 내가 책상과 의자는 꼭 가져오라 했다고 하셨다. 뭔가 이상했지만 그땐 그냥 말 전달이 잘못됐나보다 생각하고 무심히 넘겼다.

회사도 탈출했고, 우울하고 음침했던 자취방을 나와 따뜻하고 편안한 본가로 돌아왔으니 전에 겪었던 이상한 진동, 이명, 가위눌림 같은 건 더는 없을 거라 생각했다. 하지만 본가로 돌아와서는 사태가 더 심각해졌다.

첫 번째.
내 방은 2층 계단을 올라오면 바로 앞에 문이 있다. 계단의 소재가 나무이기는 하나 평소 관리를 잘해서 절대 그런 일이 없었는데 밤에 자려고 눕기만 하면 '끼익 끼익' 하는 소리가 들리기 시작했다. 누군가가 1층에서부터 2층까지 계단으로 걸어오는 것처럼 그 소리는 가까워졌고, 이불을 머리까지 뒤집어쓰고 덜덜 떨다가 기절하듯 잠들곤 했다.

방문 앞에서 소리가 멈췄다거나 그런 적은 없다. 그냥 '끼익 끼익' 소리가 가까워지면 '어떡해? 어떡하지? 어떡해?' 하고 되뇌다이다 정신을 차리면 다음 날 아침이었다. 나는 이게 가위눌림이라고 생각했다. 회사에서 나를 닦달하던 사장 때문에 늘 초조하고 불안했던 마음이 아직도 남아있어서 그런 거라고, 시간이 지나면 잦아들 거라고, 스스로를 위로하며 시간이 약이 되기를 간절히 바랐다.

두 번째.

나는 상당히 외향적인 성격이다. 특히 낯선 환경, 낯선 사람들과 어울리는 것도 스스럼없이 하는 밝은 성격인지라 해외여행도 곧잘 다니곤 했다. 그랬던 내가 방 밖으로는 절대 나가지 않게 됐다. 밖으로 나가는 것이 막연하게 두려운 기분이 들었기 때문이다.

내 방에는 욕실도 딸려 있어서 생리현상 해결에 문제가 없었고, 밥은 굶고 또 굶다가 진짜 못 참겠으면 겨우 내려와서 냉장고를 털어먹는 식이었다. 그래서인지 나중에 위 천공이 생겨 수술하고 입원까지 하게 되었다. 부모님과 오빠, 언니는 늘 밝던 내가 갑자기 어두워진 것에 대해 많이 걱정했고, 기분전환 겸 여행이나 하고 오라며 설득했지만 그렇게 좋아하던 여행이었는데 그때는 어쩐지 내키지 않아 거절하고 방에 틀어박혀 있었다. 당연히 친구들과도 연락하지 않았고, 집까지 찾아온 친구에게조차 방문을 걸어 잠그고 열어주지 않을 정도로 심각했다.

우울감, 정서불안, 대인기피증, 환청, 이명 현상, 가위눌림…….

이 모든 증상은 지난 10개월간 회사에 다니며 겪은 강렬한 스트레스로 인해 정신병이 생겼음을 암시하고 있었고 나도, 가족들도 다 같은 생각이었다. 종합병원에 가서 종합검진을 받고, 정신병원에 다니며 약을 타서 먹기 시작했다. 약이 맞지 않으면 이걸로 바꿨다가 저걸로 바꿨다가 하면서 꾸준히 치료를 이어나갔고 가족들의 정성 어린 보살핌으로 차츰 나아가고 있는 듯했다. 하지만 이건 착각이었다.

세 번째.
드디어 귀신을 보기 시작했다.

병원에 다니며 약을 먹게 되면서 우울감은 잦아들고 예전의 활기를 조금씩 되찾아가고 있을 즈음이다. 침대 머리맡에 창문이 크게 나 있고, 거기에 연분홍색 커튼이 달려 있는데 창문으로라도 햇볕을 쬐라는 의사 선생님의 말씀에 따라 방에서 책을 읽다가 창문을 보기도 하고 열어서 바람을 쐬기도 했다.

어느 날 밤, 자세히는 기억나지 않지만 여름이었고 아직 에어컨을 틀지 않을 때였다. 한참 잘 자던 나는 이상한 소리에 잠에서 깼다.

톡. 톡. 톡.

누군가 검지를 굽혀 길게 자란 손톱으로 창문을 두드리는 느낌.

무슨 소리지, 생각하면서도 감은 눈은 뜨지 않은 채 몸을 뒤척거렸고, 그 소리는 세 번씩 두드리다 잠시 멈췄다 다시 세 번 두드리는 식으로 반복되고 있었다. 무심코 눈을 뜨고 고개를 돌려 창밖을 보니 웬 여자가 창문을 두드리다가 고개를 들어 나를 바라봤다.

여자는 결이 나쁜 긴 머리가 여기저기 뻗쳐서 산발이었고 하얀 원피스를 입고 있었는데 발이 정말 하얗고 깨끗했다. 절대 커튼을 잘못 보고 착각한 것이 아니다. 커튼은 연분홍색이었고 여자는 어깨 부분이 끈으로 된, 무릎까지 오는 하얀 원피스를 입고 있었다.

"아악!"

나는 너무 놀라 비명을 질렀고, 마침 주방에 물을 마시러 나왔던 언니가 달려와 방에 불을 켜고 침대에서 굴러떨어져 벌벌 떠는 나를 안아줬다.

"귀신! 저기 귀신! 창문에 귀신! 귀신!!"

나는 실성한 사람처럼 계속 소리 쳤고, 부모님이 오시고 나서야 겨우 진정할 수 있었다.

귀신을 한 번 본 후 나의 몸 상태는 더욱 심각해졌다. 정신병원에 다니며 약을 먹고 많이 나아졌던 증상들이 다시 도졌고, 스트레스와 식이장애로 인해 머리카락도 엄청나게 빠지기 시작했으며, 전에 없던 두통과 어지러움, 눈앞이 뿌예지는 현상, 숨쉬기가 힘들고 가슴이 답답한 증상도 추가로 생겨났다. 전에는 효과가 좋았던 약들이 먹기만 하면 잠이 엄청나게 쏟아지는 부작용이 생기기 시작했다. 그리고 잠이 들 때마다 창밖에서 손톱으로 창문을 두드리는 여자 귀신에 대한 악몽을 꿨으며, 잠자는 중이 아닐 때도 이 기현상은 쭉 이어졌다.

처방약이었던 쿼티아핀의 부작용으로 인해 깨어있어도 몽롱

한 상태일 때가 종종 있었는데, 일은 이때 터졌다. 분명히 잠잘 때만 나타나던 귀신이 몽롱하긴 해도 앉아서 깨어있는데도 보이기 시작하는 것이다. 이때 갑자기 안에서 분노가 치솟은 나는 자리에서 일어나 창문을 활짝 열어젖히고 소리쳤다.

"대체 누구야! 어떤 년이야!"

허공에 대고 별의별 욕을 다 했던 것 같다. 설움이 북받쳐 주저앉아 엉엉 울고 있으려니 식구들이 달려왔고 나를 가까스로 진정시켜 침대에 눕혔다. 집으로 돌아왔는데도 상태가 좋아지기는커녕 자꾸만 악화해가는 모습에 엄마는 결국 내가 보는 앞에서 눈물을 흘리셨다.

이때까지만 해도 귀신의 존재를 전혀 믿지 않고 있었다.

나는 지난 10개월간 평생 해보지 않은 몸 고생, 마음고생을 했기에 심신이 약해져 헛것을 보고 있다고 생각했다. 그전까지 괴담은 MT나 여행지에서 밤중에 이불 뒤집어쓰고 즐기는 유흥거리 정도로 생각했고, 폐가 체험 같은 건 가끔 친구들이랑 하면 재미난 이벤트 정도였다. 분신사바 같은 것에도 흥미를 느껴본 적이 단 한 번도 없는 평범하디 평범한 그런 사람이었다.

만약 처음부터 미신적인 의미로 받아들이고 대처했다면 덜 힘들었을까?

횟김에 창문을 열어버린 이후로 창문을 두드리는 소리는 더 들리지 않았다. 물론 내게 달가운 일은 아니었다. 창문 두드리는 소리 대신 방 안에서 인기척이 느껴지기 시작했으니까.

방 안을 걸어 다니는 소리, 책상 위 물건들을 건드리는 소리, 행거에 걸린 옷을 고를 때 옷걸이끼리 부딪쳐서 나는 소리, 책장에서 책을 꺼내는 소리, 종이가 스치는 소리, 물건을 들었다가 제자리에 내려놓을 때 나는 소리, 방에 딸린 화장실 문턱 위를 두 발로 쿵쿵 딛는 소리, 집안으로 통하는 방문 손잡이를 돌리는 소리 등등……

그런 소리가 들릴 때마다 이불을 머리끝까지 뒤집어쓰고 벌벌 떨었다. 밤에만 벌어지는 일이 아니다. 이불 밖으로 창문을 통해 햇살이 방 안으로 스며들고 있었고, 착각이 아닌 분명 확실한 '한낮'이었다.

밖에서 들리는 차 지나다니는 소리, 학생들이 친구들과 떠들며 등하교하는 일상적인 소리와 함께 나밖에 없는 내 방에서 내가 내지 않은 생활 소음들을 들으며 두려움에 떨어야 했다. 병원에서 처방받은 약을 먹고 간신히 완화됐던 이명 현상이 다시 시작됐고, 이명 현상은 가끔 괴이쩍은 소리로 변질되어 들리곤 했다. 사람들이 많이 가지고 노는 액체 괴물이라는 장난감을 아는가? 그걸 손으로 조물딱거릴 때 나는 소리와 비슷했다.

어떤 약을 먹어도 차도는 보이지 않았고, 이후로 한 달이 지났다.

'흐윽, 흑. 흐윽……'

밤에 잠을 자는데 누가 구슬프게 흐느끼는 소리가 들렸다. 듣는 사람으로 하여금 가슴이 뭉클해질 만큼 서글픈 여자 울음소리에 언니가 예비 형부와 싸우고 내 방에 위로를 받으러 왔나 싶은 생각이 들어 자리에서 일어났다. 당시 결혼 준비 중이던 언니는 예비 형부와 마찰이 많아 맨날 싸우고 화해하기를 반복하던 때였다.

"왜…… 형부랑 또 싸웠어? 형부가 뭐라고 했는데?"

몸을 일으키며 묻는 순간, 나는 얼어버리고 말았다.

침대에 등을 기대고 바닥에 쪼그린 여자를 보았기 때문이다.

위치는 내 하반신쯤이었고, 몸을 일으켰을 때 그 여자의 옆모습이 바로 보였다.

여자는 자기가 대체 무슨 잘못을 했냐며 서럽게 울었다.

"잘못은 네가 했지, 내가 했냐? 왜 나한테만 그래?"

따지듯 사납게 쏘아대기도 했고, 격양된 목소리로 세상 험한 욕을 하다 히스테리를 부리듯 비명을 지르고 자기 머리를 쥐어

뜯었다. 그 모습이 너무나 이질적이고 무서워서 그대로 꼼짝도 못 하고 있었는데 누군가 내 양어깨를 잡고 흔들었고, 뺨이 시큰거리는 통증에 정신을 차리고 보니 아빠가 나를 보고 계셨다.

그리고 나는 침대에 등을 기대고 바닥에 앉아 두 손으로 내 머리를 쥐어뜯고 있었다.

어디서부터가 진짜고, 어디서부터가 환상인지 자각조차 할 수 없었다.

"나 어떡해, 진짜 미쳐가나 봐."

정신이 돌아온 나는 울면서 아빠의 품에 안겼고 온 가족이 나를 안고 펑펑 울었다.

다음 날, 다시 아빠와 병원에 가서 상담을 하는데 입원 치료가 어떻겠냐는 제의를 받았다. 난 거부감을 느끼고 바로 싫다고 했으나 아빠의 설득으로 일주일만 입원해보기로 했다.

아픈 건 분명 이유가 있을 것이고, 입원해서 검사해보면 그 원인을 더 빨리 알 수 있을 것이며, 어젯밤 같은 발작이 또 일어나도 병원에는 항시 대기 중인 의사와 간호사가 있어 응급처치가 가능하다는 말에 나 역시 납득했다.

입원한 일주일간은 정말 아무 일도 일어나지 않았다. 가끔 두통과 어지러움은 있었지만 견딜만 했고 매끼 밥도 잘 챙겨 먹어서 살도 좀 붙었다. 엄마는 매 끼니 밥과 반찬을 집에서 가져오셨다. 처음엔 발작할까 봐 1인실에 머물다 차라리 사람이 많은 곳이 낫겠다 싶어 6인실로 옮겨 사람들과도 잘 지냈다. 참고로 당시 입원한 병원은 정신병원이 아니라 일반 종합병원이었다. 정신병보다는 신경계 이상이라는 의사의 소견으로 정밀검사를 권유받아 입원했던 거였다.

그러나 정밀검사 결과 몸에는 확실히 이상이 없다는 결과가 나왔다. 종합검진 때도 아무 이상이 없었고, 뇌만 따로 정밀검사를 했음에도 아무 이상이 없음을 단단히 확인 받은 셈이었다. 결국 심리적인 게 문제구나 싶어 퇴원하여 집으로 돌아와 심리상담을 다니며 미술치료, 음악치료 같은 것들도 병행했다.

그래서 나아졌을까?

아니었다.

집으로 돌아온 후 한동안 잠잠하다가 계절이 가을로 넘어갈 즈음 또다시 발작이 시작됐다. 더 괴기스러운 방식으로.

손톱, 발톱을 피가 날 때까지 물어뜯는다거나, 머리카락을 손에 한 움큼 잡고 뜯어내려고 발악을 한다거나, 벽에다 머리를 쿵쿵 박으며 커터 칼 등으로 자해를 했다. 방에 있던 날카로운 물건들은 전부 치워졌지만, 나는 거기서 그치지 않았고 화장실 창문을 주먹으로 쳐서 깨트린 뒤 유리 조각으로 자해를 하기도 했다.

하지만 나는 결단코 스스로 몸을 자해한 기억이 없다.

아니, 아예 저 때의 기억들이 뭉텅뭉텅 뽑혀 나간 느낌이다.

자다가 꿈에 짜증이 나서 잠결에 신경질적으로 주먹을 휘두르고 발길질해본 적 있는가? 발길질하고 주먹을 휘두를 때 어슴푸레하게 정신이 들지만 곧 잠에 빠져드는 기분을 아는가? 딱 그런 기분이었다. 사방이 유리로 된 큐브에 갇혀 벽을 두드려도 아무도 모르고, 소리를 질러도 아무도 못 듣는 답답하고 갑갑한 기분.

자해하고 앉아 있으면 머리가 맑아지고 제정신이 돌아왔다. 아니, 머리가 맑아지고 속이 개운해져서 몸을 보면 자해를 하고 난 뒤였다는 걸 깨달았다는 것이 더 정확한 표현이다.

개운하다가 아파서 내려다보면 몸에서 피가 나고 있고, 그때부터는 또 멘털이 깨져 허겁지겁 방 밖으로 달려 나가 소리를 질러 가족들을 부르고, 놀란 가족들은 응급처치 해주고…….

너무 깊게 베어 응급실을 갔던 날에는 어떻게든 살리고 병원 온 사람들이 숱한데, 죽으려다 못 죽어서 병원 와서 치료받는 여자라고 조롱 아닌 조롱도 들었다.

아닌데, 난 죽으려고 한 게 아닌데…….

자해한 기억도 없는데…….

'내가 왜 이런 취급을 받아야 하지?' 하는 설움에 펑펑 울기도 했다.

사태가 이 정도까지 되니 가족들은 현대 의학으로는 어떻게할 방도가 없다는 데에 이르게 되었다.

가족들은 내가 상처 받을까 봐 자세하게는 말해주지 않았지만, 제정신이 아닌 상태에서 스스로 자해를 하다 말리는 가족들에게까지 상처를 입혔다고 한다. 커터 칼이나 식칼 등을 휘두르다 신체적인 상처를 입히는 것은 물론, 말로는 더 큰 상처를 입혔다.

결혼 문제로 형부와 다투고 1층 자기 방에서 맘을 추스르는언니의 방문을 정신 나간 것처럼 쾅쾅 두드리며 외쳤다.

"네가 미친년이라 그래. 형부가 왜 너랑 결혼하고 싶겠어? 네년은 팔자가 박복해서 평생 혼자 살 년이야!"

또 내 걱정에 울고 있는 부모님 방에 들어가 고개를 쭉 빼고얼굴을 가까이 들이밀며 칼보다 더 날카로운 말로 상처를 주었다.

"엄마! 엄마, 내가 잘못될까 봐 걱정돼? 히히힛, 내가 걱정돼? 말해봐, 내가 왜 이럴까? 엄마잖아. 엄마는 다 알아야지!

아빠! 내가 왜 이러는지 알아? 아빠가 어릴 때 그랬잖아. 내가 악몽 꿀 거 같아서 무섭다고 가지 말랬는데 그냥 갔잖아! 일해야 한다고 나 버리고 갔잖아. 기억나? 기억나지?"

어린 시절, 사업 때문에 집에 잘 들어오지 못하셔서 자식들을 제대로 돌보지 못했다는 죄책감을 늘 안고 사는 아빠를 들쑤시는 말도 했다.

다른 것들은 다 흐릿하고 가물거리는데도 가족들을 말로 괴롭혔던 저 때만큼은 또렷하게 기억이 나고, 가족들의 얼굴이 일그러지는 것까지 기억이 나 지금도 괴롭다.

나중에 무당 할머니께서는 이 또한 귀신이 나를 괴롭히려고 일부러 기억할 수 있도록 조종한 거라고 하셨다.

나는 말할 때 팔자가 박복하다는 어휘는 쓰지 않는다. 애초에 박복하다는 표현 자체를 고전문학에서나 읽어봤지, 실생활에서 쓰는 경우도 못 봤다. 이 때문에 가족 중 언니가 제일 먼저 '내 동생한테 귀신이 들린 건 아닐까?'라는 생각을 했다고 한다.

점점 미쳐가고 있던 어느 날, 엄마와 언니가 어디를 좀 가자고 하면서 몸을 씻기고 옷을 챙겨 입혔다. 난 대답도 없이 잠자코 따라나섰다.

차를 타고 간 곳은 2층으로 향하는 외부계단이 있는 2층짜리 주택이었고, 차를 주차해서 내리자고 하는데 내가 내리지 않겠다고 버티더란다. 엄마는 그렇다 치더라도 언니는 키가 나보다 10cm 가까이 더 크고 어릴 때부터 운동이 취미라 힘도 세서 여느 자매들과는 달리 언니랑 싸워본 적도 없고, 감히 덤벼본 적이 없었다. 그런데 작고 마른 게 악다구니 써가며 발악을 하는 걸 도저히 힘으로 못 누르겠더란다.

아무튼 엄마와 언니가 차에서 힘으로 나를 끌어내리며 실랑이를 하고 있으려니 그 집 초록색 대문 안쪽에서 어떤 할머니가 걸어 나오셨다. 연세 때문에 다리가 불편하신지 조금 절뚝거리셨지만, 얼굴은 아주 곱고 단정한 차림새였고 한복을 입고 계셨다. 할머니를 보기 전까지 발악하던 나는 할머니가 대문을 넘어 밖으로 나오기 무섭게 고개를 푹 숙이고 아주 얌전해졌다고 한다. 그리곤 별다른 말도 없이 한참을 쳐다보시는데 고개를 푹 숙인 내가 고개를 좌우로 돌려가며 작은 목소리로 중얼거리더란다.

"씨발, 뭘 꼬라봐. 개 같은 년이…….."

평소에 욕이라곤 하지 않는 내가 그런 말을 하다니, 엄마와 언니는 경악했고 그 할머니께서는 한 마디만 남기고 '쓱' 들어가시더란다.

"따라 들어와라."

할머니의 등장으로 급 얌전해진 나는 순순히 대문을 넘어 집 안으로 들어갔고 현관에 들어서기 직전 갑자기 멈추더니 엄마의 옷자락을 붙들고 눈물을 뚝뚝 흘리며 애원을 했단다.

"엄마……. 나 집에 갈래. 여기 너무 무서워. 집에 가자. 응? 제발 가자."

먼저 집 안으로 들어가 신을 벗고 거실에 서 계시던 할머니는 내 애원으로 마음이 약해진 엄마가 안절부절못하는 모습을 보곤 말씀하셨다.

"살려면 제 발로 들어와야지. 죽을 때 되면 죽더라도 산 사람은 살아야지 않겠냐."

그리곤 방 안으로 들어가 미닫이문을 닫으셨고, 엄마와 언니는 결심을 굳히고 나를 안으로 데리고 들어갔다.

그곳은 엄마가 이모에게 부탁해 알아본 무당집이었고, 이모께서 다니시는 절의 스님께 부탁드려 스님이 이곳으로 가라고 일러주셨다고 한다. 방 안은 여느 무당의 방과 비슷했는데 다만 내가 상상했던 이미지보다는 더 밝고 따스했다.

방에 들어간 나는 입을 딱 다물고 무릎을 꿇은 채 가만히 있었고, 엄마와 언니가 지난 일들을 모두 설명했다고 한다. 설명을 다 들으신 무당 할머니께서는 엄마와 언니를 방 밖으로 내보내고 나와 단둘만 방에 남겼다.

당시에도 기억이 드문드문 끊겨 있는데, 집에서 차를 타고 무당집에 간 건 기억이 난다. 그리고 차에서 내리자는 말을 거부하며 버텼던 기억도 난다.

그때 나는 '여기서 도망가야 해! 여긴 위험한 곳이야!'라는 생각으로 머릿속이 가득 차 너무 무섭고 불안했다.

무당 할머니를 대문 앞에서 맞닥뜨렸을 때부터 집 안에 들어온 건 기억 나지 않는다. 정신을 차리고 보니 무당 할머니 앞에서 펑펑 울고 있었고, 무당 할머니께서는 착하고 어린 게 무슨 죄라고 고통을 받았느냐며 내 등허리를 쓸어주며 토닥거려 주셨다.

그간 검사를 위해 온갖 병원에 다니고, 또 자해한 후 응급실을 들락거리면서 마주치게 되는 의사나 간호사, 대기 중인 환자들을 보게 되면 그들에게서 환청이 들려왔다.

"쟤는 멀쩡해 보이는데 왜 자꾸 병원에 오지?"

"죽고 싶어서 안달 난 년. 허구한 날 응급실에 기어 오네."

"쯧쯧, 관심 종자년."

그때마다 가슴 속에 울분이 차올랐다.

'나도 내가 어디가 아픈 건지, 왜 아픈 건지 모르겠어! 나 정말 아파! 진짜 너무 아파서 오는 거란 말이야!'

난 그렇게 속으로만 외치곤 했다.

저렇게 들리는 소리가 환청이라는 걸 이미 자각은 하고 있었다. 소리는 들리는데 사람들 입이 움직이지 않으니 환청이 아니면 뭐겠는가? 그래서 정말 다른 사람들한테 미친 사람으로 보일까 봐 소리 내서 항의도 못 하고 속으로 삼켰던 것이었다.

눈물이 말라 안 나올 정도로 꺽꺽거리며 울었고 무당 할머니께서는 더 울다간 탈수 오겠다며 달래셨다. 가까스로 진정한 후 무당 할머니 품에 안겨 엄마를 똑바로 바라보며 입을 뗀 첫 마디는 이랬다.

"엄마. 나 배고파."

그 말에 엄마도 눈물이 터져 한참을 우셨다고 한다. 온갖 병원에 다니고 검사를 해봐도 소용이 없던 딸이 처음으로 차도를 보였으니까. 엄마는 그 무당집에서 처음으로 희망을 보셨다고 한다.

엄마가 집에 가는 길에 식당에서 사 먹자고 하는 걸 무당 할머니가 그냥 여기서 먹고 가라며 자리에서 일어나 부엌으로 가시더니 밥을 차려주셨다. 그 와중에 나는 밥을 세 그릇이나 먹었다. 쌀밥이 씹을수록 맛이 너무 좋았고 그날 하셨다는 갈비찜을 내주셨는데 안에 들어간 고기도 버섯도 너무 달고 맛있었다. 그렇게 세 모녀는 무당 할머니 집에서 밥까지 얻어먹고 집으로 돌아왔다.

이때 부적 같은 건 쓰지 않고 돌아왔는데, 무당 할머니가 엄마한테만 비방을 몇 가지 알려주셨다고 한다. 일러준 대로만 하면 막내딸이 당분간은 정신 놓고 그러지는 않을 거라고 하시면서. 집으로 돌아온 엄마는 다른 가족들, 특히 나 모르게 무당 할머니가 알려주신 대로 했고 신기하게도 한동안은 내가 밥도 잘 먹었고 잠도 잘 자더란다. 정말 무당 할머니 집을 다녀온 후로 닷새 정도는 밤에 꿈도 안 꾸고 잘 잤다. 두통이 있기는 했지만 일단 잠을 자고 밥을 먹을 수가 있어서 생활은 한결 편해졌다.

보름 후 아빠, 엄마, 무당 할머니 세 분이 내가 살던 자취방엘 다녀오셨다. 세입자가 있어서 집 안을 둘러보지는 못하고 건물만 확인하고 왔는데 집터에는 문제가 없었다고 한다.

그리고 아직 추운 봄.

아침에 어떤 꼬마가 "나도 이제 학교 다닌다~!" 하고 소리 지르는 걸 들었던 기억이 나는 걸 보니 아마도 3월 초라고 생각된다.

무당 할머니께서 우리 집에 젊은 여자와 함께 찾아오셨다. 나는 마당까지 쫓아 나가 무당 할머니와 포옹을 하며 반겼고, 무당 할머니는 내가 친손녀라도 되는 듯 등허리를 쓸어주시며 애틋해 하셨다. 함께 온 여자 역시 무당이었는데 무당 할머니의 신딸이라고 하셨다. 나는 친딸로 잘못 알아듣고 엄마를 안 닮았다고 생각했는데 내림굿을 해주고 이것저것 가르쳐주는 선배 무당과 후배 무당 사이를 신어머니와 신딸이라고 부른다고 한다.

무당 할머니께서는 이제 연세가 너무 많아 굿을 하기에는 체력이 받쳐주지 않아 힘들어 당신의 신딸을 데리고 오신 거라고 하셨다. 엄마는 놀라서 우리 딸 굿도 해야 하는 거냐며 되물으셨고 무당 할머니는 고개를 돌려 저를 안타깝게 바라보시며 어깨를 토닥거려 주셨다.

잠을 편안하게 잘 수 있었던 건 무당 할머니 집을 다녀오고 딱 닷새까지만이었다. 그 뒤부터는 다시 악몽이 시작됐다. 그 전처럼 정신을 놓고 자해를 하지는 않았지만, 정신이 깨어있을 때나 잠이 들었을 때나 방 안에서 귀신을 봤다.

처음 창문 밖에서 봤던 그 여자 귀신은 책상, 화장대, 피아노 위에 올라가서 바닥으로 '쿵!' 뛰어내리기도 하고, 침대에 누워 있으면 올라와서 침대에서 방방 뛰어 어지럽게 만들기도 했다.

"너는 알잖아. 내가 잘못한 거 아닌 거 너도 알잖아? 그치? 너는 알잖아. 너는 날 알아주잖아."

귀신은 자려고 누운 내 귓가에 가까이 대고 빠른 속도로 랩을 하듯 속삭이기도 했다. 내가 잠도 잘 자고, 밥도 잘 먹는 모습에 엄마가 너무 기뻐하셔서 차마 식구들에게 말을 할 수 없어 숨겼던 거였다. 전처럼 정신을 놓지는 않으니까. 내가 보고 듣는 걸 말만 하지 않으면 식구들은 정상이 됐다고 생각할 거니까.

하지만 무당 할머니는 내가 어떤 일을 겪고 있는지 다 알고 계셨다.

무당 할머니와 신딸은 집에는 들어가지 않고 마당을 죽 둘러보다가 집 안으로 들어오셔서 둘러보며 말씀하셨다.

"집에 딱히 나쁜 기운은 없는데 유독 저 애 방에서만 고약한 냄새가 난다."

귀신들이 뿜는 냄새 같은 게 있다고 하는데 나쁜 귀신이 자주 드나들거나 머무는 곳에는 반드시 그런 냄새가 흔적처럼 남는다고 한다. 다만, 지금 내 방에 머무는 귀신들은 약해진 내 기운에 끌려 흘러들어 온 잡귀들이라고 하셨다. 방 안에서 들렸던 이런저런 소음들이나 문밖에서 들렸던 계단 올라오는 소리도 다 잡귀들 짓이었던 거다. 그 잡귀들이 내 귀에 대고 고함을 질러대는 통에 머리가 자주 아프고 귀에 이명 현상이 나타났던 거라며…….

"몸 이곳저곳이 아팠던 것도 다 그 잡귀들 짓이다. 그런데 진짜 악질적인 귀신 하나가 있는데 지금은 어디에 숨어있는 것 같다."

이렇게 말씀하시며 방 여기저기를 계속 뒤적거리는데 두 분 다 도통 찾지를 못하셨다. 세 시간 정도 구석구석 뒤지다 결국 포기하고 돌아가야겠다며 집에 갈 채비를 하고 현관을 나와 대문까지 마중을 나가려는데 무당 할머니 신딸께서 갑자기 우뚝 멈춰서더니 마당 한 쪽의 창고를 손으로 가리키며 아빠에게 물어보셨다.

"저긴 뭐에 쓰는 곳이죠?"

"아, 저긴 그냥 창고입니다."

아빠의 대답에 무당 할머니께서는 창고를 향해 발을 떼시며 말씀하셨다.

"온 김에 저기도 보고 가야겠네."

창고에는 아빠, 엄마, 나, 무당 할머니, 신딸 아주머니까지 총 다섯 사람이 들어갔는데 자취방에서 살 때 쓰다 가져온 책상과 의자 앞에서 두 분이 마치 서로 짠 것처럼 우뚝 멈춰 섰다.

"저것들은 어디서 난 거예요?"

신딸 아주머니의 질문에 아빠가 대답하려는데, 내가 갑자기 툭 끼어들더니 말하더란다.

"저건 그냥 예전에 쓰던 거예요. 다 보셨죠? 이제 가세요."

엄청 의연하고 차분한 목소리로 말이다.

거기서 아빠와 엄마도 이상한 느낌을 받으셨다고 하니 무당인 두 분도 당연히 이상한 걸 눈치채셨을 것이다. 그분들이 책상과 의자를 보는 동안 엄마는 내 옆에 꼭 붙어서 한쪽 팔로 내 어깨를 감싸 안아주셨다고 한다. 무당 두 분이 책상과 의자를 한참 바라보다 책상에 문제가 좀 있는 것 같다고 말씀하시고 아빠는 내게 책상이 어디서 난 것인지 물으셨고, 나는 주운 거라고 대답했다고 한다.

"흠……. 이 책상을 내가 가져가서 한 번 살펴봐야겠네."

"아, 그럼 제가 차로 댁까지 실어 드리겠습니다."

아빠는 책상을 옮기셨고, 그렇게 그분들이 집에 돌아가려는 분위기가 되고, '이제야 문제의 실마리를 찾았구나' 하는 마음으로 부모님은 안도감이 드셨다고 한다.

"잘됐다. 그치?"

그때까지도 내 어깨를 안고 있던 엄마는 그렇게 말씀하시며 나를 봤는데 고개를 숙이고 있던 나는 남에게 들킬세라 조심스럽게 한 손으로 입을 가리고 소름 끼치게 웃고 있었다고 한다. 그 모습에 놀란 엄마는 급히 아빠가 책상을 들고 나르려는 걸 막고서 말씀하셨다고 한다.

"저 의자도 가져가 주세요."

그러자 내가 갑자기 죽일 듯 엄마를 노려보면서 무서운 표정으로 이를 빠득빠득 갈더란다. 이상한 걸 눈치채신 두 분의 무당은 즉석에서 나를 똑바로 세워 어깨랑 등을 때렸고, 나는 정신을 잃고 쓰러졌다고 한다.

나는 이때를 전혀 기억하지 못한다. 마지막으로 기억하는 건 창고에 들어서기 직전까지였고 안에 들어간 기억은 없다. 깨어났을 땐 다음 날 내 방 침대 위에 있었으니까.

그렇게 책상과 의자는 그분들이 가져갔고, 2017년 5월 첫 번째 굿을 했다. 무당 할머니의 신딸이 굿을 진행하셨고, 무당 할머니도 함께 참석해서 기도해주셨다. 이때도 기억이 드문드문 끊겨 생각이 잘 나지 않는데 부모님과 언니에게 물어봐도 그냥 별일 없었다고만 했다. 그리고 7월의 마지막 굿을 끝으로 나는 나를 괴롭히던 귀신에게서 완전히 해방될 수 있었다.

정확히 기억하는 건 아니지만 내가 어쩌다 귀신에 씌게 됐었는지 그 경과를 정리해보자면 이렇다. 타지에서 홀로 고생하면서 심신이 허약해진 나를 목표로 삼은 귀신이 있었다고 한다. 그냥 좀 만만하니까 괴롭혀야지 하는 정도가 아니라 아예 나를 죽여버리려는 악질 중의 악질이었다.

제일 어처구니없던 것은 내가 주워온 원목 책상이 아닌 중고 매장에서 돈 주고 사 온 사무용 의자에 귀신이 씌었다는 점이다. 인터넷에서도 보면 나무로 된 물건에 귀신이 잘 들러붙는다고 하던데 중고 매장에서 사 온 건 플라스틱 바디에 천으로 된 의자였다. 그 의자에 무슨 구구절절한 사연이 있는 것도 아니다. 그냥 악질적인 놈이 나를 꼬여 내리려고 의자에 들러붙어 내가 책상을 집에 모셔놓고 의자를 사도록 조종한 거라고 한다.

책상에도 자기 기운을 묻혀 무당 두 분을 속이려고 했는데 들킨 것이다. 그리고 그동안 시달린 나에게 이런 말은 조금 미안하지만, 힘이 엄청나게 대단한 귀신은 아니었다고 한다. 다만 시기가 좋지 않았고, 건강도 좋지 않았으며, 기운도 좋지 않을 때 딱 걸리는 바람에 시너지 효과를 발휘한 거란다. 무당 할머니께서는 이걸 더 어렵게 설명하셨는데 무속신앙 쪽 전문용어 같은 건 잘 몰라서 이렇게밖에 설명을 못 하겠다.

나쁜 기운에 나쁜 귀신이 붙은 물건을 집에 들여놓으니 잡귀들도 우르르 몰려든 거고, 급하게 회사를 그만두고 짐을 정리해 본가로 들어오는 과정에서 그 잡귀들이 전부 따라붙은 거라고 한다. 이때 아빠가 '손 없는 날'을 골라서 짐을 옮기셨으면 최소한 잡귀만이라도 떼어놓고 올 수 있었을 텐데, 그러지 않아서 자취방에서 나를 괴롭히던 잡귀들이 같이 본가로 이사해 온 것이란다.

지금 나는 누구보다도 건강하고 씩씩하다. 비록 블랙 회사와 귀신에게 시달리느라 인생에서 귀중한 3년을 잃어버리긴 했지만 이제라도 괜찮은 것에 만족하며 살고 있다. 이 글을 읽는 분들은 신변에 이상이 생기면 바로 상담하고 주변에 알렸으면 한다. 나는 미련하게 혼자 참고 견디려다 이 지경이 됐으니 다른 분들은 나와 같은 실수를 하지 않았으면 한다.

무당 할머니께서 말씀하시기를 내가 자해하도록 부추긴 건 귀신이 한 짓이 맞지만, 그걸 실행에 옮긴 건 내 의지였다고 한다. 그 말에 사실 매우 뜨끔했다. 당시 나는 죽고 싶을 만큼 힘들었고 '죽으면 이 모든 게 편해지겠지?'라는 나쁜 생각도 했었으니까. 덧붙여 사람이 약해져 있을 때 거기에 파고들어 나쁜 일을 부추기는 게 바로 귀신이라고, 정신을 똑바로 차리면 얼마든지 헤쳐나갈 수 있다고 하셨다.

살면서 힘든 일이 많이 닥쳐올 것이다. 나쁜 생각이 드는 날도 더러 있겠지만 무슨 일이든 포기하지 않았으면 한다. 적어도 나는 포기하지 않았기 때문에 지금 이렇게 웃을 수 있는 날이 왔다고 생각한다.

리키스님

밤마다 나타나던 그것

일본에 여행을 갔을 때의 이야기이다.

나는 친구와 둘이서 열심히 검색하며 동선을 짜서 즐겁게 자유여행으로 다녀왔다. 그 일만 없었더라면 정말 즐거운 여행이 되었을 텐데…….

나는 호텔을 그리 선호하지 않는다. 비싸기도 비싸고 취사가 되지 않는다는 게 가장 큰 단점으로 다가와서 여행 내내 에어비앤비로 방을 구해서 숙박했다. 가격이 싸기도 하고, 취사도 되며, 원하는 곳에 숙소를 잡을 수 있어서 편리했는데 예약한 숙소는 총 네 곳이었고 그중 제일 마지막에 묵었던 숙소에서 벌어진 일이다.

숙소는 깨끗하고 청결했으며 숙소를 관리하는 주인은 무척 친절했다. 네 개의 숙소 중에서 보안이 가장 엄중했고, 우리가 가고자 하는 번화가와 가장 가까웠으며, 숙소인 아파트가 있는 위치 자체의 동네는 적당히 활기도 띠고 있었다. 지하철역 또한 엎어지면 코 닿을 아주 가까운 거리에 있어서 위치, 교통, 청결 모든 방면에서 네 숙소 중 가장 으뜸이었다.

하지만 이것은 낮일 때의 이야기였고, 밤이 되자 분위기는 급변했다. 동네는 밤 8~9시쯤 되니 상점들이 문을 닫아 가로등과 드문드문 보이는 가게의 간판 불빛만 거리를 비췄고, 사람이 거의 다니지 않아 도로며 거리는 한산하기 그지없었다. 그리고 어두운 탓인지 대로변에 있는 숙소는 을씨년스럽기까지 했다.

신나게 놀고 밤 열 시쯤 숙소로 돌아오는데 차도 얼마 다니지 않고, 사람도 거의 없으며, 문을 연 상점이라 해봐야 편의점과 몇몇 가게가 전부였다. 처음에는 조용한 동네라 저녁에 잠잘 오겠다 싶어 대수롭지 않게 넘겼다. 여태 다녔던 숙소 중 번화가와 근접해 밤에도 시끌시끌했던 숙소가 있었던 탓이었다. 하지만 나는 숙소의 외관을 보고 잠시 말을 잃고 말았다. 깨끗하고 고급스러워 보이던 낮의 이미지와는 다르게 왠지 으스스

한 분위기에 검은 오라를 풍기는 것 같은 외관에 절로 침이 꿀꺽 넘어갔다. 이 느낌은 비단 나뿐만이 아니었는지 친구가 살며시 인상을 찌푸렸다.

"분위기가 장난이 아닌데?"

"그러게. 낮하고 딴판이야."

우리는 그렇게 중얼거리듯 이야기하며 숙소 안으로 조심스럽게 들어갔다. 외부 분위기와는 다르게 숙소 안의 분위기는 낮과 별다른 것이 없어서 괜히 겁먹었다며 웃었고 그날 사 온 야식을 먹으며 내일 일정을 다시 한번 확인한 후 자정을 조금 넘긴 시간에 잠이 들었다.

얼마나 잤을까. 문득 오한이 들어 잠에서 깼다.

일본은 한국처럼 보일러를 돌리는 구조가 아니었고 전기장판도 없다. 에어컨과 난방을 겸하는 에어컨이 달려 있었는데 건조한 것이 싫어 방 안을 따뜻하게 한 뒤 에어컨을 잠시 돌리고 잤기 때문에 공기가 춥게 느껴져서인가보다 싶었다. 실제로 무척 추웠기에 이불을 목까지 푹 덮고 눈만 빼꼼 내놓은 채 시계를 보니 고작 새벽 두 시밖에 되지 않아 더 자기 위해서 눈을 감았다. 그런데 눈을 감자마자 싸늘한 오한이 머리끝부터 발끝까지 내 몸을 쫙 훑고 지나가면서 닭살이 돋고 부르르 몸이 떨렸다.

그와 거의 동시에 현관에 달린 센서에 불이 들어온 듯 희미한 빛이 느껴졌다. 나는 깜짝 놀라 눈을 뜨고 고개를 젖혀 방문을 바라보았다. 불투명한 유리 너머 붉은기 도는 노란 전등이 밝게 빛나고 있었다.

'어라? 왜 센서 등이 켜졌지?'

분명 저 센서 등은 움직임을 감지해야 불이 켜지는데 친구는 내 옆에 누워있었고, 밖에는 움직일 만한 물체가 없었다. 나는 여러 가지 생각을 와르르 쏟아내며 문을 바라보았다. 불투명한 유리에 흐릿한 실루엣 하나가 비쳤다. 멀리 있는 듯 흐릿한 그림자였지만 그것은 분명 밖에 무언가가 있다는 확실한 증거이기도 했다.

그 그림자는 현관문 쪽 센서 등 밑에 있는 것 같았다. 나는 순간 '헉' 하고 소리를 낼 뻔했다. 최대한 숨소리를 죽이고 문을 바라보았는데 그림자는 전혀 움직이지 않았다. 그저 멍하니 서 있는 것 같았다. 한동안 그림자와 눈싸움을 하다시피 쳐다보다가 문득 이상한 점을 깨달았다. 현관문 앞 센서가 꺼지질 않는 것이다. 시간이 얼마나 지났는지는 모르겠지만 적어도 10분 이상은 지난 것 같은데 센서 등은 꺼지지 않고 여전히 환한 불을 밝히고 있었다.

나는 내일 일어나면 당장 저 센서 등을 어떻게 해봐야겠다고 생각하며 까무룩 잠이 들었다가 친구가 흔들어 깨우는 바람에 부스스 눈을 떴다. 눈을 뜨자마자 반사적으로 방문을 쳐다봤는데 아무런 문제도 없었다. 나와 친구는 숙소를 나서서 아침 겸 점심을 먹으러 미리 가기로 한 식당으로 향했다. 숙소에서 번화가까지의 거리는 도보로 약 12분. 걸어가는 내내 우리는 시답잖은 이야기를 했고, 사람이 무척 많은 번화가에 들어섰을 때쯤 나는 친구에게 넌지시 물었다.

"오늘 새벽에 말이야. 뭔가 못 느꼈어?"

"응? 어……. 별로? 야, 근데 진짜 그 숙소 뭔가 좀 무섭지 않냐? 아까 나오면서 봤던 분위기는 괜찮았는데 밤만 되면 어휴."

"그러니까. 어휴, 진짜 무섭더라. 거리도 조용하고 차도 얼마 안 다니고. 게다가 어젯밤에 그 사이렌 소리 구급차 맞지?"

"그럴걸? 과자 먹다 깜짝 놀라서 뱉을 뻔했다니까. 근데 어제는 왜? 뭐가 보였어?"

"어, 음……. 그냥."

말을 먼저 꺼내기는 했지만 이걸 얘기해도 될지 몰라서 그냥 상황을 얼버무렸다.

친구는 미심쩍은 표정으로 나를 바라보았으나 굳이 캐묻지 않고 넘어갔다. 나는 종종 귀신이 보이는데 일본 여행을 하면서도 문득문득 귀신의 존재를 느끼고 친구에게 이야기를 해줬던 터라 친구는 또 귀신을 봤나보다 싶은 듯했다. 워낙 친한 친구라 내가 귀신을 본다는 것 자체는 크게 무서워하진 않았다. 귀신들이 자기를 해코지하진 않았으니까.

한참을 걸어 도착한 식당에서 맛있게 밥을 먹고 구경하러 다니며 재밌게 놀았다. 그리고 양손 가득 선물을 사 들고 숙소로 돌아와 전날과 마찬가지로 야식을 먹은 후 잠자리에 들 채비를 했다.

"이거, 센서 등 안 꺼지냐?"

나는 잠자리에 들기 전 센서 등을 조작할 수 있는 리모컨을 들여다보며 친구에게 물었고, 친구는 한 번 훑어보더니 버튼을 눌러 센서 등을 아예 꺼버렸다. 그리고 현관문 앞을 왔다 갔다 하면서 확실히 꺼진 것을 확인하고 방문을 닫고 들어왔다. 나는 괜히 불안해서 문을 잠갔다.

"뭐해?"

"쉿. 폰으로 알려줄게."

나는 메모장을 켜서 친구에게 어제 새벽에 센서 등이 켜지면서 그림자를 보았다는 내용을 보여준 후 곧장 내용을 몽땅 지웠

다. 친구는 그 내용을 보고 뭐라고 말하려 입을 벌렸으나 내가
조용히 하라는 신호를 보내자 금방 입을 다물고 다른 이야기를
하며 시간을 보냈다. 그러다 밤 열한 시쯤, 갑자기 '쾅' 하는 소
리와 함께 웬 남성의 커다란 고함이 방 안을 쩌렁쩌렁 울렸다.
나와 친구는 깜짝 놀라 눈을 동그랗게 뜬 채 먹던 것을 멈추고
서로를 바라보다가 괜스레 소름이 돋아 팔을 쓸어내렸다. 친구
가 물었다.

"이거 설마……."

"아니야. 사람 목소리야."

내가 고개를 절레절레 저으며 부정하자 친구는 현관문 쪽을
보았다. 확실히 귀를 기울이자 밖에서 들려오는 소리였다. 일본
의 집들이 방음이 안 된다더니 진짜라며, 서로 그렇게 말하다
잠이 확 달아나 먹던 것을 마저 먹고 정리한 후 누워서 수다를
떨다 잠이 들었다.

소름이 돋으며 한기가 몸을 쭉 훑고 지나가는 느낌에 눈을 떴
다. 그리고 또 반사적으로 방문을 바라보았는데 역시 센서 등이
켜져 있었다.

'아니, 분명히 껐는데? 뭐지?'

분명히 껐고, 친구와 함께 켜지지 않는다는 것을 몇 번이고

확인한, 전원이 나간 센서 등에 불이 들어와 있었다. 나는 속으로 욕을 하며 문을 노려보았다. 그때 느리게 '스윽, 스윽' 소리가 들려왔다. 처음에는 무슨 소리인가 싶었는데 점점 선명해지는 그림자 때문에 현관문에 서 있던 그것이 방문 쪽으로 이동하고 있다는 것을 알게 되었다.

스윽…… 스윽…… 스윽……

느리게 움직이는 그것은 점점 방 앞으로 다가오는 듯 유리에 비친 그림자가 아주 조금씩 선명해졌다. 그 움직이는 소리는 아마 발이나 옷 같은 것이 바닥에 끌리는 소리 같았다.

그때였다.

옆에서 자고 있던 친구가 언제 눈을 떴는지 내 손을 붙잡았다. 갑자기 손을 꼭 잡혀서 깜짝 놀라 흠칫 몸을 떠니 친구가 개미만 한 목소리로 나를 불렀다.

"리키야. 저거……."

친구가 목소리를 내는 순간 바깥에서 돌아다니던 소리가 뚝 끊겼다.

소리가 멈추자 나는 순간 '흡' 하고 숨이 멎는 것 같았다. 전례 없는 긴장감이 돌며 몸은 더워지고 식은땀이 삐질삐질 나는 것 같았다. 나는 밀려오는 공포감을 떨쳐내려 애쓰며 마주 잡은 손에 힘을 주면서 최대한 소리가 나지 않도록 친구 쪽을 돌아보며 조용히 하라는 신호로 내 입술에 검지를 올렸다. 친구는 작게 고개를 끄덕이며 방문을 힐끔 쳐다보았다.

한동안 멈췄던 소리가 다시 들려왔다. 아까보다 빠르게 '스윽 스윽' 들려오던 소리는 이내 빠르게 '슥슥슥' 소리로 바뀌었고, 다가오던 그림자는 문 앞까지 오는가 싶더니 복도를 왔다 갔다 하는 듯 소리가 멀어졌다 가까워졌다를 반복하기 시작했다. 요컨대 현관과 방문 사이의 복도를 왔다 갔다 하는 것이었다.

나는 그것이 가까워질 때마다 문을 열고 방으로 들어오면 어쩌나 하는 생각에 심장이 엄청 빠르게 뛰기 시작했다. 그리고 덜컥 겁이 났다. 한국에서 봐왔던 귀신들과는 차원이 달랐다. 본능이 저건 위험한 존재라고 적색 신호를 보내고 있었다. 한국에서 많이 봤던, 장난을 치거나 사람을 놀라게 하는 걸 즐기고 자신의 한을 들어줬으면 하는 약간은 관종끼가 있는 귀신들과는 다른 것 말이다. 걸리기만 해봐라 하는 듯한 포스의 밑도 끝도 없는 악한 귀신이라는 것을 느꼈다.

나는 친구의 손을 꼭 붙잡았다. 손이 내 것인지 친구의 것인지 모를 식은땀으로 축축해졌다. 긴장과 공포로 가빠지는 숨을 애써 죽이며 문을 노려보았다. 시간이 얼마나 지났는지는 모르겠지만 한참을 바라보니 그것은 곧 사라졌는지, 센서 등이 꺼지고 소리도 들리지 않았다. 그래도 우리는 움직이지 않고 어둠이 내려앉은 방 안에서 문만을 지그시 노려보고 있었다. 핸드폰을 켜보니 새벽 세 시가 조금 넘어 있었다.

나는 안도의 한숨을 쉬며 친구를 돌아보았는데 친구는 굳은 얼굴로 입을 꾹 다물고 있다가 나와 눈이 마주치자 '하아' 하고 긴 한숨을 내뱉었다. 그리고 갑자기 몸을 일으키기에 다시 잡아당겨 눕히고 핸드폰 밝기를 최대로 줄인 채 메모장에 지금은 가만히 누워있으라고 적어 보여준 뒤 눈을 감았다. 긴장과 공포가 가시자 스르르 잠이 쏟아졌다.

오전 아홉 시에 맞춰둔 알람으로 더 자고 싶다는 몸을 억지로 움직여 어기적어기적 준비하고 방을 나왔다. 숙소에서 나와 지하철을 탈 때까지 친구는 말이 없었다. 목적지인 역에서 내리자마자 나를 돌아보면서 다다다, 말을 쏟아냈다.

"아니, 이게 말이 돼? 분명히 어제 전원을 껐는데. 왜 그게 켜져?"

"내가 그걸 어떻게 아냐. 나도 궁금하다."

"나오면서 확인했는데 전등은 켜지지도 않았고 거기다 전원도 꺼져있었단 말이야. 아니, 진짜 와……."

친구는 소름이 돋는다는 듯 양팔을 쓸어내리며 몸을 부르르 떨었다.

그리고 다시 말했다.

"돌겠다. 그냥 오늘은 밖에서 밤샐까?"

"내일 아침 비행긴데 짐 정리도 아직 안 됐잖아. 게다가 어디서 밤을 새워. 그게 더 위험하다 야."

"그건 그렇지만 어제 너무 무서웠다고……."

"아니 그건 나도 마찬가지야. 진짜 어떡하냐."

우리는 한동안 서로를 마주 보며 아무런 말도 하지 않다가 일단은 잊고 마지막 날이니 즐기자며 지하철역을 빠져나왔다. 그날도 여기저기를 들러 구경하고, 전날 잊었던 물건도 사면서 즐겁게 놀았다. 그리고 숙소에 돌아와 짐 정리를 하고 내일은 일곱 시에 일어나야 하니 일찍 자자며, 열한 시쯤 잠자리에 들 준비를 했다. 그 와중에 나는 문을 잠그고 우리 두 명의 캐리어를 문 앞에 배치해 놓은 뒤 방문 손잡이와 장롱 손잡이를 끈으로 연결해 밖에서 문을 열면 장롱문에 걸려 절대 열 수 없도록 만들었다. 또 내 지갑에는 그해 운수가 나쁘니 가지고 있으라고 무당 할매가 준 부적이 있었는데 그것도 꺼내서 캐리어 위에 올려놓았다.

그렇게 나름대로 만반의 준비를 하고 잠이 들었는데 또 어김없이 두 시쯤 되어 소름이 돋는 동시에 잠에서 깨어났다. 그리고 센서 등이 켜져 있고, 옅은 그림자가 보였다. 그것은 스윽 스윽 소리를 내며 방문 앞으로 다가왔다 멀어지기를 반복했다. 어제와 같은 패턴이었지만 속도가 좀 더 빨랐다. 한참을 그렇게 서성이던 그 소리에 집중하고 있으니 어느 순간 소리가 전혀 들리지 않게 되었는데 그것을 인식한 순간 등줄기를 따라 소름이 확 돋으며 문밖에 있는 그것이 왠지 웃고 있다는 느낌을 받았다.

장난감을 찾았다는 듯, 사냥감이 먹잇감을 차근차근 몰아 마지막 한 발을 남겨두었다는 듯 소름 끼치게 웃고 있는 그 모습이 머릿속에 떠올랐다. 문을 바라보니 그림자가 짙게 사람 모양으로 드리워져 있었다.

방문 바로 앞에 있었다.

뭐하러? 왜? 설마 문을 열려고?

나는 온갖 생각을 하며 문만 뚫어져라 바라보고 있었는데 고요한 방 안에서 '흐흐흐' 하는 묵직한 저음의 남자 웃음소리가 들렸다. 그것, 아니 그놈이 확실히 웃고 있었다! 웃음소리를 듣자마자 몸이 덜덜 떨려와 양손을 꼭 마주 잡으며 이를 악물었다. 그러지 않으면 비명을 지를 것만 같았다.

[덜컥. 덜컥. 덜컥.]

아주 느리고 간격이 길게 잠긴 문손잡이를 잡고 돌리는 소리가 귓가에 내리꽂혔다.

'망했다. 저 문이 열리면 끝장이야.'

그렇게 죽는다는 생각이 머리를 지배했고, 공포감에 온몸이 주체하지 못하고 떨려왔다. 등 뒤에서 '흐읍' 하고 헛숨 들이키는 소리가 들려왔다. 친구였다. 힐끔 뒤를 돌아보니 친구도 나와 똑같이 입을 꽉 틀어막은 채 문을 응시하고 있었다.

[덜컥! 덜컥! 덜컥!]

[흐흐······ 흐······ 흐흐······.]

그놈은 걸쇠에 막혀 돌아가지 않는 문고리를 점점 빠르게 돌리며 음산하게 웃어댔다. 마치 나와 내 친구를 공포의 도가니 속으로 천천히 처넣듯이, 놀리듯이 그렇게 문고리를 점점 빠르게 흔들었다. 나는 저 문이 열려 그놈과 눈이 마주칠까 봐 두려워서 눈을 꼭 감아버리고 싶었다.

하지만 눈을 감으면 되레 소리에 집중되어 더 무서웠고 눈을 감으니 기괴하게 비틀린 얼굴이 떠오르는 것 같아서 최대한 눈을 부릅뜨고 문을 노려보았다.

'조금만, 조금만 더 버티자. 조금만. 평소대로라면, 늘 같은 패턴이라면 사라질 거야. 곧. 제발 가라! 어제랑 그저께처럼 사라져버려. 제발.'

간절히 바라고 또 바라며 문을 노려보고 있으니 덜컥거리는 소리가 멈추고 한동안 '흐흐흐' 웃기만 하던 놈은 센서 등이 팍 꺼지는 순간 이 말을 남기고 사라졌다.

[쟌넨, 아시타 마타네.]

그건 '아쉽네. 내일 또 보자'라는 말이었다.

'보긴 뭘 봐. 안 봐!'

나는 속으로 욕을 마구 날리며 공포로 떨리는 몸을 이불 속에 구겨 넣고 몸을 웅크린 채 누워있다 까무룩 잠이 들었다. 그날 새벽 여섯 시에 일어난 나는 친구와 함께 후다닥 준비를 마치고 이른 시간에 숙소를 빠져나와 공항으로 향하며 실컷 화를 냈다.

"쟌넨? 쟌넨이라고? 웃기고 있네!"

"와, 진짜 미쳤어! 문 안 잠갔으면 그거 열고 들어왔을 거 아니야?"

"그러니까! 아, 소름 돋아! 다시는 가고 싶지 않다. 저 숙소!"

"울고 싶었어……. 진짜 와, 엄청 무서웠다니까? 뭐야, 귀신은 다 저래?"

"아니 저놈이 좀 이상한 거야. 아 나도 진짜 소름 돋아서 와……"

"근데 그놈이 아쉽다고 내일 또 보자고 했잖아. 우리가 거기 하루만 더 있었으면……"

"무슨 일이 났겠지."

내 말에 친구는 오만상을 찌푸리며 고개를 절레절레 저었다. 우리는 발까지 동동 굴러가며 어젯밤 일을 이야기하며 공항에서 시간을 보내다 비행기를 타고 귀국해 각자 집으로 무사히 돌아갔다. 우리가 하루만 더 그 숙소에 머물렀다면 집으로 오는 비행기가 아닌 저승으로 가는 배 위에 나란히 앉아있었을지도 모르는 일이었다.

여담이지만, 무당 할매가 준 부적은 노란 한지 같은 종이에 붉은 글씨로 쓰인 것이었는데 그것은 세월이 흐른 듯 누렇게 변해있었다. 나는 그것을 무당 할매에게 가져가 보여줬는데 어디 위험한 곳을 다녀왔냐며 등짝 한대 얻어맞고 새 부적을 받아 몸에 지니게 되었다.

친구가 생을 포기하지 않은 이유

얼마 전 친구가 해준 이야기이다.

친구는 부모님이 사고로 돌아가신 후 삶을 포기한 채 스스로 생을 마감하기로 마음먹고 그 전에 삶을 정리하는 여행을 떠나기로 했다. 웹사이트에서 알게 된 다른 사람과 함께 2주 정도 여행을 하고 같이 생을 마감하기로 한 것이었다. 그 사람과 버스터미널에서 만나 아무 곳이나 무작정 가기로 했다.

만나기로 한 사람은 친구보다 두어 살 많은 남성이었다. 친구는 집도 정리하고 남은 돈을 전부 현금으로 챙겨두었고 옷이나 짐은 단출하게 들고 왔는데 그 사람은 제법 이것저것 챙겨왔길래 그 이유를 물어보니 신변을 정리하다 보니 물건을 처분할 곳이 없어서 들고 오게 됐다며, 그냥 신경 쓰지 말라고 했다.

그렇게 둘은 인생의 마지막 여행을 떠났다.

같이 죽기로 한 사람과는 의외로 마음이 잘 맞았다. 그래서 원래는 대중교통을 이용해 다닐 예정이었지만 계획을 변경하여 중고차를 구매하고 여행을 이어가게 되었다. 함께 며칠을 돌아다니면서 여기저기 들러 인생의 마지막 만찬을 즐겼고 친구는 술을 잘 못 마시지만 마지막이니까, 하고 술도 마셨다.

찜질방이나 모텔을 전전하며 일주일 정도 지났을 때 그들은 잘 곳을 찾아 돌아다니던 도중에 길을 잘못 들어 이상한 산길로 가게 되었고 길을 못 찾으면 그냥 차에서 자기로 했다. 그렇게 산길을 한참 달리는데 불빛이 보여 다가가 보았더니 그곳엔 마을이 있었고, 마을 입구 쪽에서 몇 명의 사람들이 모여 불을 피우고 있었다. 자동차가 마을 입구에 서자 마을 사람들은 그들을 쳐다보며 수군거리고 있었다. 둘은 차에서 내려서 하루만 마을에서 자게 해달라고 부탁했고, 의외로 마을 사람들은 뭔가 서로 이야기하더니 마을회관 안에 빈방이 있으니 거기서 머물라고 했다.

그렇게 하룻밤을 자고 마을회관의 관계자에게 숙박비를 지불

하려고 하니 손사래를 치며 말했다.

"아이고, 돈은 됐고 지금 추수 기간인데 힘쓸 젊은이가 없으니 일이나 좀 도와주고 가시게."

친구는 하루 동안 일해보니 꽤 괜찮았고, 삶을 마감하기 전 사람들을 돕는 것도 나쁘지 않을 것 같다 싶어 그곳에서 남은 시간을 머물기로 했다.

그런데 그 후로 같이 여행을 온 사람이 조금 이상해지기 시작했다. 일을 끝내고 지쳤을 텐데 자지 않고 본인의 짐을 뒤적거리며 자살하려고 가져온 밧줄이나 수면유도제 같은 걸 꺼내 보곤 했다. 사흘 정도 지났을 때 조금 무서워진 친구가 조심스레 물어보았다.

"밤에 잠이 안 오시나 봐요. 괜찮으세요?"

그 사람의 대답은 의외였다.

"무슨 소리 하십니까? 저는 줄곧 잘 자고 있었습니다."

거기서부터 뭔가 이상한 걸 느꼈다.

나흘째 밤, 친구가 확인해보려고 자는 척하다 그가 움직이기 시작하자 핸드폰으로 동영상을 찍기 시작했다. 그때 갑자기 그 사람이 '휙' 쳐다보길래 놀라서 동영상 촬영을 멈추고 몸을 돌려 누워 계속 자는 척하다 정말 잠이 들어버렸다.

다음날 친구는 동영상부터 확인해보았다.

……없다.

아니 정확히는 아무것도 찍히지 않았다. 까만 화면에 아무 소리도 들리지 않는 동영상이 재생될 뿐이었다. 친구는 무서워지기 시작해서 그를 멀리하게 되었다. 일하는 중간중간 마을 사람들에게는 내일모레 아침에 마을을 나가겠다고 통보했다. 마을 사람들하고도 조금 친해져 왠지 아쉽긴 했지만, 삶에 대한 의지가 없었기 때문에 아무렇지 않게 이별을 약속했다.

그렇게 닷새째 밤이었다.

"이틀 뒤면 그날이네요. 이제 마을을 떠나야 하는데 슬슬 짐을 챙기죠."

말을 걸고 싶지 않았지만 생을 마감하기로 한 그날이 다가와 남자에게 말했다.

"어차피 죽으면 싸 들고 갈 것도 아닌데 짐은 그냥 남겨두고 몸만 몰래 빠져나가죠."

마을을 떠나기 전날 밤, 생각해보니 그가 말한 대로 짐을 챙겨가는 것보단 그냥 놔두고 가는 게 나을 것 같다는 판단이 들었다.

"돈 같은 것도 더 이상 필요 없잖아요? 짐 놓고 가는 것도 민폐인데 돈도 같이 두고 가죠."

"아, 그렇네."

그가 웃으며 아무렇게 않게 말하는데 순간 너무 소름 끼쳐서 움찔했다.

"자, 그럼 짐은 여기에 다 두고 우리만 가요. 그냥 사라져요."

뭔가 감정이 없는 듯하면서도 설레는 느낌으로 말하는 남자. 친구는 2주나 같이 붙어 있던 사람이 갑자기 무서워져서 바람 좀 쐬고 오겠다며 밖으로 나갔다. 좀 걷다 보니 마을 사람들 몇 명이 모여서 친구와 그 남자가 처음 마을에 왔을 때처럼 술을 마시고 있었다. 그들은 친구를 보더니 반갑게 불렀다.

"아이고 총각! 내일 간다며? 같이 술 마시는 것도 이걸로 마지막인데 같이 한잔하지!"

그렇게 함께 술을 마시고 있었는데 한 남성이 친구에게 말했다.

"그런데 같이 온 사람 말이야. 좀 이상하지 않아? 자네들, 그런 거 못 느꼈어?"

"네? 뭐가요?"

"아니, 갑자기 서서 혼자 계속 뭐라 뭐라 중얼거리더라고. 뭔가 정신적으로 이상한 사람 같으니까 조심하라고."

마을 사람의 말에 조금 전 그의 미소가 떠올라 소름이 끼쳤지만, 술기운이 오르니 그런 것도 다 잊고 한참을 마시다 새벽이 되어서야 방으로 돌아갔다. 회관의 골방으로 돌아가니 그 사람은 잠들어있었고 짐은 널브러진 그대로였다. 오늘은 짐을 만진 것 같지 않았다.

'후…… 내일이면 삶을 포기한다.'

그렇게 생각하니 갑자기 우울해진 친구는 누워서 눈을 감은 채 한숨을 쉬고 있었다.

"크크큭……."

그때 갑자기 옆에서 웃는 소리가 들렸다. 그 사람이 웃고 있었다. 깜짝 놀라 뒤를 돌아서 그를 보니 그가 '키득키득' 웃으며 혼자 중얼거리기 시작했다.

"아, 재밌네. 아이 재밌다, 재밌어. 크크. 굉장하다 굉장해. 이번에는 굉장해!"

무서워진 친구는 조용히 일어나 짐을 챙겨 밖으로 나가 차에 올랐다. 여차하면 그 사람을 버리고 혼자서 자살할 장소로 갈 생각이었다. 삶의 마지막을 그런 기분 나쁜 사람과 함께 하고 싶지 않다고 생각하며 차에 시동을 켜고 히터를 틀어놓았다.

그러다 어느 순간 잠이 들었던 것 같았다.

시골의 차가운 새벽 공기가 차 안을 감싸자 추워진 친구가 눈을 뜨며 몸을 비비는데 앞 보닛 위에 뭔가 있는 것을 발견했다.

'어라, 뭐지? 내가 어젯밤에 보닛 위에 뭘 올려놨었나? 동물인가?'

잠에서 덜 깨서 멍한 머리로 그걸 바라보고 있자니 점점 선명하게 보이기 시작했다.

"크크크큭……."

그 남자였다.

차 안을 자세히 보기 위해 손을 모아 앞 유리에 대고 눈만 동그랗게 뜨고 친구를 보고 있었다. 친구와 눈이 마주치자마자 그는 입꼬리가 귀까지 찢어질 듯 웃기 시작했다. 기분 나쁘게 차 안에 다 들릴 만큼 큰 소리로 웃고 있었는데 마치 그 소리가 스피커로 틀어놓은 것처럼 크게 들렸다.

그런데 그 순간 뭔가 위화감을 느꼈다.

그의 머리가 360도 회전하고 있다. 좌우로 돌아가는 게 아니라 눈이 아래로 오듯 목이 아니라 정말 말 그대로 얼굴이 위아래로 빙글빙글 돌고 있었다.

"으악!"

친구는 너무 놀라 비명을 지르며 급하게 후진했다가 그가 보닛 위에서 떨어지자마자 액셀을 밟았다. 그리고 그대로 조용하고 고요한 시골 마을을 굉음과 함께 빠져나갔다.

두려움이 자살 생각을 멀리 떨쳐버렸다. 사람이 없는 곳에서 조용히 갈 생각이었지만 그 사람만 생각하면 무서워져서 도시로 나가 사람들 사이에 파고들었다. 시내로 나가 막 문을 열기 시작한 대형마트로 발길을 돌렸다. 그리고 주차장에 혼자 있는 것도 두려워 서둘러 안으로 들어가 사람들이 모여있는 쪽으로 급히 달려가 의자에 앉아 숨을 돌렸다. 한참을 멍하니 의자에 앉아있었는데 얼마 전 찍었던 동영상이 생각나 핸드폰을 꺼내 동영상을 확인했다.

거기까지 말한 친구는 몸을 부르르 떨며 소름 끼쳐 하더니 씁쓸하게 웃으며 말했다.

"그 동영상을 확인한 후로 자살 생각은 나지도 않더라. 살고 싶어졌다기보단 죽고 싶지 않아졌어."

"왜?"

"그 동영상 때문에."

"동영상?"

"응. 나흘째 밤에 찍은 동영상⋯⋯. 다시 확인해보니 제대로 잘 찍혀 있더라."

"응? 너 그거 아무것도 안 찍혀 있었다며."

"그러니까……."

친구가 말하길, 마트에서 사람들이 서서히 많아지고 있는 가운데 용기를 얻은 친구가 동영상을 열어보니 정지되어 있는 영상에는 그의 모습이 보였다고 한다. 그리고 손가락을 움직여 동영상을 재생시키자 동영상에는 그가 서 있었다. 정확하게는 서 있는 그의 다리만 보이는 동영상이 재생되고 있었다.

'응? 분명히 앉아서 짐을 뒤지고 있었는데?'

그렇게 생각하던 찰나, 그 사람이 천천히 걸어오더니 쪼그려 앉아 얼굴을 카메라 렌즈 쪽으로 서서히 가져다 대곤 소름 끼치는 미소를 지어 보였다. 그리고 나직이 말했다.

[우리 저승에서 만나자. 기대하고 있을게.]

친구는 동영상을 황급히 지우고 다시 주차장으로 돌아가 차를 탔다. 그리고 다른 친구에게 연락해서 며칠 동안 머물며 자살을 위해 준비했던 밧줄을 버리고 수면유도제를 처분한 뒤 유산과 집을 정리했던 돈으로 다시 조그마한 집을 구해 생활하고 있다.

"내 생각에는 나는 죽으면 좋은 곳은 못 갈 것 같아."

"에이, 그냥 귀신이겠지. 신경 쓰지 마."

"아니. 그건 귀신이 아냐. "

그리곤 조금은 무서운 눈으로 멍하니 허공을 보며 말했다.

"그건 악마야. 나를 지옥으로 데려갈 악마."

우리 시골 마을의 충격 실화

이 이야기는 어렸을 적 늦은 밤 시골집에 가던 길에 작은형이 내게 들려준 우리 고향 마을에서 실제로 있었던 이야기이다. 정확히는 옆 동네에서 있었던 일인데 나로서는 그저 전설 같은 얘기로만 기억되다가 최근 실제로 있었던 일이라는 것을 확인하게 되었다.

일제 강점기 때는 고향 마을이 해안가였는데 쌀 생산량 증대를 위해 간척 사업이 진행되면서 외지인들이 대거 유입되고 어제는 섬이었던 마을이 오늘은 육지가 되는 시절이 있었다. 너무나 가난해서 하루걸러 하루 굶던 시절이었지만 집안의 대는 반드시 이어야 하는 게 당연했던 시절의 이야기이기도 하다.

시골 본가에 가기 위해서는 읍내에서 마을버스를 타거나 40분 거리의 시골길을 걸어야 했다. 가는 도중에 이웃 마을 세 군데를 지나게 되는데 하나는 입구에서부터 돼지사육장이 있는 마을이다. 두 번째는 외지인들이 많이 와서 집단으로 거주하던 곳인데 주로 남의 집 머슴으로 살거나 구걸을 하는 거지들이 머물던 곳이다. 그리고 세 번째는 예전부터 섬 주민들이 살던 곳이었다. 우리 동네는 원래 있던 주민들 반 외지인 반이었고 우리 집안도 사실 나주 쪽에서 살다 일본인들 등쌀에 만주로 갔다가, 해방 직전 다시 한국으로 들어와서 정착하게 된 것이다.

당시 세 번째 마을과 두 번째 마을 사이에는 언덕이 하나 있었는데, 여기가 원래는 조그마한 섬이었다가 간척사업 후 언덕이 된 곳이다. 이 언덕의 다 쓰러져가는 초가집에는 늙은 할머니와 그 아들이 살고 있었는데 살림살이는 그리 풍족한 편이 아니었다. 하지만 대를 잇는 것이 당연한 시절이었다. 당시 간척사업을 진행하며 외지인들과 일거리가 생겼기에 살림이 조금 넉넉해진 그 집의 할머니는 아들을 장가보내기 위해 이곳에서 버티지 못하고 떠나는 외지인 무리 가운데 여자 한 명을 골라 보리쌀 서너 되와 콩 몇 자루를 부모에게 주고 집에 데리고 왔다. 그리고 냉수 한 사발만 떠 놓고 결혼식을 치렀다.

하지만 간척사업이 제대로 끝나기도 전에 해방이 됐고, 그 와중에 아들은 다시 일거리를 잃고 백수가 되었다. 그전에도 그저 남들 하는 만큼의 7할이나 일할 뿐 어느새 슬그머니 사라져 해 떨어져야 나타나는 그저 그런 일꾼이었지만 그마저도 일하지 못하는 백수가 되었으니 상한 속을 술로만 달래는 시간을 보냈다. 그러다 보니 몸이 축나고 망가지는 건 당연지사.

게다가 겨우 결혼은 시켜놨지만, 아내를 그저 소 닭 보듯 그리 살았다. 그러니 애는 생기지도 않고 일거리가 없으니 살림은 축나고 며느리도 그저 곡식에 팔려 온 처지라 부부 사이 금슬이랄게 없었다.

그걸 보는 할머니 속은 새까맣게 타들어 갔다. 어떻게든 집안의 대를 이어야겠기에 아까운 곡식을 들여가며 여자를 사서 며느리로 들였건만 그저 밥이나 축낼 뿐 대를 이을 자식 하나 못 낳고, 살림도 싹싹하니 잘하는 것도 아니었던 것이다. 그저 말없이 이리 툭, 저리 툭, 꿔다놓은 보릿자루처럼 집구석에 있는 게 보기가 영 마땅치 않았다. 이렇게 시간이 지나다 보니 이제 슬슬 눈엣가시처럼 거슬리기 시작했다. 그래도 손주 낳을 몸이라고, 하나뿐인 아들내미 각시 삼아 데려왔다고 참고 있던 속이

슬슬 끓어오기 시작한 것이다.

그러던 차에 결국 일이 벌어지고 말았다. 매일같이 술만 마시며 돌아다니던 아들이 여느 날처럼 막걸리 몇 사발에 취기가 오를 대로 올라서 집에 돌아오고 있었다. 그러다 집이 있는 언덕 아랫길에서 빙 둘러오는 게 귀찮았던지 5~6m 정도의 가파른 언덕을 바로 올라오다가 솔가지와 낙엽 쌓인 풀더미에서 미끄러져 굴러떨어져 버렸다. 그리곤 길가 돌무더기에 머리를 부딪쳤는데 머리가 깨지고 목이 부러져 죽고 만 것이다.

이미 해는 지고, 이제껏 그랬듯이 어디서 또 술 얻어먹고 취해 낮에나 들어오겠거니 하고 있었는데 아침에 두엄 더미에 보탤 개똥 주우러 나가던 할머니가 아들의 시신을 발견했다. 아들 하나 보고 살던 할머니의 머릿속은 번개가 치고 지나가 전신에선 힘이 쭈욱 빠지고 말았다.

손발이 부들부들 떨렸다. 어제 아침까지만 해도 멀쩡하던 아들이 얼굴에 핏기가 없이 퍼렇게 떠서 집 앞에서 죽어있었던 것이다. 집안 대들보인 아들, 남들은 뭐래도 할머니에게는 하나뿐인 자식이, 엊그제 장가까지 보내 놓은 아들이 죽은 것이다.

할머니는 울지도 못하고 아들의 삼일장을 치렀다. 빈궁한 살림살이라 가진 건 감자밭 몇 뙈기가 전부였다. 그냥 시신을 방

바닥에 놓고 무명천을 덮어 며느리와 둘이 냉수 한 사발 떠 놓고 촛불 켜고 그리 보냈다.

할머니처럼 며느리도 죽은 사람 마냥 멍하니 지냈다. 정도 없이 그저 보리쌀 몇 되, 콩 몇 자루에 팔려 온 시집이지만 붙어만 있으면 배곯을 일 없겠다, 이제는 떠돌아다닐 일은 없겠다고 했는데……. 얼굴 보긴 힘들고, 본다 해도 따뜻한 말 한마디 없는 사람이 남편이랍시고 있긴 했지만 어쩌면 이제야 정도 붙이고 살 수도 있겠다 했는데 그리 죽어버린 것이다.

두 여자가 아들이자 남편을 산에 묻고 돌아온 지 여러 날이 지나고 할머니가 처음으로 한 말은 며느리에 대한 욕설이었다. 저주였다. 그 할머니가 원래 모질고 독하긴 했지만 그런 욕설을 퍼부은 적은 없었다.

"이런 쌍년! 길바닥서 얼어 죽을 거지 년 데려와서 씻겨주고 입혀주고 먹여줬더니만, 내 새끼 잡아먹은 년!"

며느리는 그저 아무 말 없이 우두커니 앉아만 있었다.

벌겋게 충혈된 할머니의 두 눈이 무서워서, 아니면 원래 그런 성격이라서?

거기에 대해서는 아무도 알려주지 않았다.

그저 그날부터 할머니의 며느리에 대한 온갖 패악질이 시작됐다는 것밖에는 모르겠다. 밥 먹는다고 빗자루로 때리고, 잔다고 때리고, 밭을 매다가도 걷어차여 언덕을 굴러 머리가 깨지기도 했다는 소문만 들었다.

그러기를 여러 달, 결국 며느리는 집 앞 비탈진 곳의 소나무에 목매단 채 자살하고 말았다. 그리곤 새벽길 가던 장돌뱅이들 눈에 띄어 시신이 수습되었다. 며느리의 시신을 수습하라는 말에 할머니는 욕설만 지껄일 뿐이었다.

"아니 내가 왜? 그 육시럴 년을 뭐 땜시 내가? 내 새끼 잡아먹은 것도 부족해서 내 집 앞에서 목매단 것을 내가 왜?"

실제로는 더한 욕도 했다지만 이야기를 들려주던 작은형은 그 정도만 했다. 아무튼 그렇게 며느리가 죽고 혼자 밭을 일구며 살던 할머니는 며느리가 목매단 그 소나무가 눈에 거슬리기 시작했다. 그전엔 몰랐는데 그 자리에 붉은 자국이 눈에 자꾸 보이는 것이다. 손자국 같기도 하고 손톱자국 같기도 한…….

그래서 그런지 유독 그쪽에 심은 감자나 콩들이 시들시들하고 씨알도 별로여서 그 소나무를 없애야겠다고 생각하고 근처에서 일하던 외지인 장정을 불러서 톱으로 베어 버리려고 했다. 외지인 일꾼은 막걸리 한 사발에 김치 한 조각 얻어먹고 톱을 들고 소나무를 베기 위해 톱질을 시작했다. 그런데 한 두어 번

톱질했을까? 갑자기 비명을 지르더니 입에 거품을 물고 그대로 쓰러졌는데 그만 비탈길 아래로 굴러떨어져 버렸다. 그리곤 이내 숨이 끊겨버리는 게 아닌가? 집 마루에서 지켜보던 할머니는 깜짝 놀라서 내려가 봤는데 이미 숨을 쉬질 않았단다.

지금 같으면 멀쩡한 사람이 일하다 죽었으니 보상금 내놔라, 정확한 사인을 밝혀라, 이런 말들로 시끄러웠겠지만 당시에는 가족도 없이 떠돌아다니던 부랑자였으니 그냥 발을 헛디뎌 굴러떨어져 죽었다더라, 하고 말았다. 게다가 할머니 자신도 그저 그 일꾼이 술을 많이 마셔 그런 거라 말하고 다녔으니 그 일은 그렇게 묻히게 되었다. 얼마 후 할머니는 다시 일꾼을 불러서 도끼를 하나 던져주고 하루치 일당을 줄 테니 소나무좀 베어 달라고 했다. 그 도끼를 가지고 간 일꾼은 소나무에 서너 번 도끼질하더니 또 비탈길로 굴러떨어져 죽어버렸다.

아마 그때부터였을까? 주변 동네에도 소문이 돌기 시작했다. 새벽녘 간척지 논에 물을 대러 가던 인부들이 그 나무에 웬 여자가 울고 있는 모습을 봤다더라, 소나무를 베어 달라기에 가봤더니 나무에 피가 흐르더라, 할머니 눈에 핏기가 몰려 사람 같지 않다더라 등등…….

언젠가부터 해가 지면 그 집 비탈길 근처엔 지나가는 사람이 없게 되었다. 어느 날은 당시 그 간척지 길이 너무 물러서 길을 단단히 다지기 위해 중장비가 동원되기 시작했는데, 그때 들어온 굴착기를 보고 할머니는 옳다구나, 생각했다.

'저거면 저 빌어먹을 나무를 한 번에 뽑아버릴 수 있을 게다.'

그렇게 다시 날을 잡아 굴착기 기사에게 몇 푼 쥐어 주고 소나무를 뽑아주길 부탁했는데, 결론부터 말하자면 뽑지 못했다. 굴착기 삽으로 나무를 당기자 지반이 약해서 그랬는지 되레 굴착기가 미끄러져 버렸고, 비탈길에 굴러버려 기사는 크게 다치고 기계도 크게 고장이 나서 난리가 난 것이다. 그런데 그 굴착기 기사가 그때 뭘 봤는지 그날부터 혼이 나가 시름시름 앓다 죽었다는 소문만 들려왔다. 그리고 할머니도 그날 이후 뭐에 놀랐는지 누가 말을 걸어도 대꾸도 하지 않고 그 소나무만 쳐다보며 중얼중얼 욕인지 뭔지 모를 소리만 하고 지냈다고 한다.

시간이 흘러 우리 할아버지 형제분들이 만주에서 한국 땅으로 돌아와 이 마을에 터를 잡고 살기를 십여 년…….

어느덧 그 할머니는 돌아가시고 언덕 위의 집과 밭은 버려진 채 다시 십여 년을 보내다가 먼 친척 중 땅에 환장했다 싶을 정도로 욕심 많던 이의 손에 넘어가게 됐다고 한다. 그리고 소나무에는 손도 대지 않고 고구마나 키우던 그 땅 주인은 장마철에 남의 논두렁에서 고개를 박고 죽은 채 발견됐다고 한다. 다시 그 땅을 가지게 된 사람은 아들이었다. 전쟁 중에도 멀쩡히 살아 돌아왔던 사람이 어느 날 시비에 휘말려 경찰의 총기 오발로, 그러니까 쏘려고도 하지 않았는데, 총알에 입이 꿰뚫려서 죽었다고 한다. 그래서 당시 주변 동네에서는 그 땅과 소나무에 며느리의 귀신이 붙은 거라고 수군거렸다.

내가 어렸을 때만 해도 폐허가 된 집이나 소나무는 시골집 가는 길에 몇 번 봤는데 가끔 바람에 고구마 줄기들이나 콩 덩굴들이 흔들리는 소리를 들으면 등골이 오싹했던 기억이 있다. 내가 대학생이 되고 얼마 후 그쪽 땅을 외지인이 사서 싹 다 밀어 버리고 전체를 고구마밭으로 바꿨는데 그때도 처음엔 소란이 있어서 굿도 하고 그랬단다. 작두 타던 무당이 미끄러져 발모가지가 끊어졌다는 얘기도 들었지만, 결국 어찌어찌 해결돼서 지금은 고구마밭으로 근처 돼지 축사에 사료로 넘기고 있다.

원한이 시간이 지나 씻겨진 건지 아니면 그저 우연히 벌어진 사건인지, 그저 뜬소문인지는 확인할 길이 없어서 내 기억 속에만 있던 이야기였는데, 팔이 부러져 일을 쉬고 있던 기간에 시골집도 손볼 겸 부모님을 모시고 집안 납골묘 쪽으로 가던 중이었다. 그 언덕을 지나며 갑자기 이야기가 생각나서 어머니께 여쬐보았다.

"엄마. 혹시 그거 알아? 예전에 나 어렸을 때 작은형이 해준 얘긴데 저기 저 소나무에 목매달고 죽은 며느리 귀신 붙은 소나무 있었다고……."

사실 형 흉보려고 한 소리였다. 그저 실없는 소리로 한 이야기였는데, 어머니께서 뜻밖의 말씀을 하셨다.

"어…… 그래. 그런 얘기가 있었지. 엄마도 어렸을 때 들었다. 근데 그 얘길 네가 어찌 아냐?"

"헐! 나 그거 작은형이 거짓말한 줄 알았는데……."

이때 조수석의 아버지께서 한마디 하셨다.

"어, 그거? 아부지 친구 큰형님네 집 얘긴데?"

헐. 나도 아는 아버지 친구분이다.

"아, 그래요? 아니 난 예전에 여기 걸어서 집 갈 때 작은형이 나 겁주려고 지어낸 얘긴 줄 알았지."

"그래? 뭐 그럴 수도 있고……. 근데 그 집이 있던 건 진짜다. 그 집 큰형님이 땅 욕심부리시다가 언젠가 역 앞 논두렁에서 돌아가셨을 때 말 참 많아서 그 친구네가 쉬쉬하고 그랬지."

그저 뜬 소문인 줄 알았던 우리 집 옆 동네에 있었던 실화 사연이었다니 말 그대로 충격이었다.

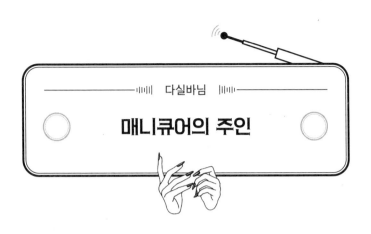

매니큐어의 주인

때는 내가 30대를 바라보는 29세가 되던 늦봄, 난 한 백화점 쇼핑몰에서 한창 아이쇼핑을 즐기고 있었다. 한참을 돌아다녔더니 다리도 조금씩 아파 오고 목도 말라 잠시 쉴 겸 벤치에 앉아 스마트폰으로 해외 축구 소식을 보고 있었다. 그때, 어느 한 여성이 나에게 걸어와 말을 거는 것이었다.

"저기요. 혹시…… 준수 아니니?"

"네. 맞는데……요? 어? 민주 누나?"

"아~ 맞네! 혹시나 했는데……. 여기서 뭐 해? 쇼핑 중이었어?"

"어. 오랜만에 시간이 좀 나서. 오늘 친구 만나기로 했거든.

근데 친구가 일이 좀 생겨서 많이 늦는다고 해서 여기서 시간 좀 보내고 있었어."

"그래? 누나도 비슷한데……. 오랜만에 커피 한잔하자. 누나가 맛있는 케이크도 사줄게. 호호, 너 아이 입맛이라 단 거 좋아하잖아."

"그래, 내가 아이 입맛이지."

그렇게 어느 카페로 들어가서 이런저런 이야기를 나누며 커피를 몇 모금 마셨다. 지금까지 어떻게 살아왔네, 예은 언니는 연락하냐는 등 이야기를 했다. 여기서 예은 언니라는 사람은 내가 만나던 사람이었다. 그렇게 갑자기 몇 초 정도의 침묵이 찾아오고 누나가 입을 떼기 시작했다.

"그때는 미안했어."

난 뭔가 좀 의아했다. 왜 사과를 하는 거지?

"누나. 갑자기 뭐가 미안했다는 거야?"

그런데 문득 그때의 일이 생각났다. 3년 전 그 의아했던 일이 머릿속에 맴돌기 시작했다.

"그때 누나가 갑자기 사라질 수밖에 없었던 이야기. 너와 예은 언니를 멀리하고 매몰차게 굴었던 것 말이야."

그래. 사실 정말 잊고 있었다. 누나가 왜 그랬는지 난 정말 알 수 없었다.

"너 그때 그 매니큐어 기억나니?"

"매니큐어?"

갑자기 생각났다. 그때 내가 봤던 그 이상한 행동들. 잊을 수가 없지. 난 그 당시 예은이라는 이름을 가진 한 여성과 연애 중이었고, 우리는 남들과는 다르게 나이 차이가 좀 많이 나는 커플이었다.

어느 날, 점심을 맛있게 먹고 여자 친구가 평소에 시간이 없어서 오늘밖에 시간이 안 된다며, 네일 숍 예약을 했는데 같이 좀 가달라는 것이 아닌가? 점심으로 내가 좋아하는 초밥을 얻어 먹었기에 감사한 마음으로 정중히 거절하려고 했으나 이미 질질 끌려가고 있었다. 막상 도착한 네일 숍은 뭐 그렇게 싫을 정도는 아니었다. 자매가 운영하는 곳이었는데 사장은 민주 누나와 민서 누나였다. 그렇게 첫 대면에 웃으며 인사를 나누었다.

"준수 씨! 거기 탁자 서랍 열어보면 게임보이도 있어요. 그거 하고 있으세요."

"아……. 예."

주인 누나의 말에 탁자 서랍을 열어 게임기를 만지작거리고 있었는데 동생 사장과 여자 친구가 내 쪽을 보며 이야기하고 있었다.

"언니, 언니! 저분이야?"

"응. 저놈이야!"

"오~ 썩 나쁘진 않은데? 몇 살 차이야?"

"띠동갑."

"와우! 영계백숙!"

다 들린다. 그렇게 게임보이를 재밌게 즐기고 있는 와중에 다른 손님이 들어왔다. 보통 누군가 다른 손님이 들어오면 흘깃 쳐다보다 다시 신경을 쓰지 않는데 그 여자에게서 눈을 뗄 수가 없었다. 살다 살다 저렇게 예쁜 여자는 본 적이 없었다. 키는 160cm 후반 정도에 얼굴은 연예인 누구를 닮았다고 하고 싶지만, 비교 대상이 없었다. 그냥 너무나도 아름다웠다. 아름답다, 고결하다 같은 고급스러운 단어들은 저런 여자한테 쓰는 거라고 생각하던 중 나에게서 두 자리 정도 떨어진 자리에 말끔한 차림에 안경을 쓴 남자가 앉는 것이었다. 바른생활 사나이 같은 이미지랄까? 나는 그 남자와 눈이 마주쳤고 우린 고개를 까딱이며 소리 없는 인사를 나누었다.

게임보이를 한창 재밌게 하다가 흥미가 떨어져 바람 좀 쐬고 오겠다며 잠시 밖으로 나왔다. 담배에 불을 붙이려고 라이터를 찾는 순간, 갑자기 누군가가 라이터를 내밀었다.

고맙습니다, 하고 쳐다보니 그 바른생활 사내였다. 그렇게 담배를 피우면서 자기는 어쩌고저쩌고하며 얘기하는데 난 그저 대답만 했다.

"전 여자 친구 네일 숍 따라오는 게 취미에요. 전 예쁜 손을 보면 무척 기분이 좋아지거든요. 아! 이거 여자 친구도 모르는 건데…… 제가 지금까지 만나왔던 여자들 손인데 한번 보실래요?"

그러면서 핸드폰을 빠르게 꺼내어 보여주는 것이 아닌가? 보통 잡지에서나 보면 참 예쁜 손이겠지만 내가 볼 땐 광기 어린 눈으로 사진을 보여주는 모습이 그저 소름 돋기만 했다. 마침 타이밍 좋게 여자 친구가 날 불렀다. 다 됐으니까 영화를 보러 가자고 말이다. 난 그 남자에게 가볍게 인사하며, 그렇게 첫 만남을 끝냈다.

그리고 며칠 뒤, 그 커플과 우연히 마주치게 되었다. 어느 카페를 갔는데 커피를 주문하고 자리를 잡기 위해 2층으로 올라갔는데 웅성거리는 소리가 들렸다. 사람들의 시선이 집중된 곳을 보니 네일 숍에서 봤던 그 커플이었다. 그렇게 우린 인사를 나누었고 각자의 자리로 돌아가 이야기를 나누었다. 그런데 이상하게 그 여자에게 계속 눈길이 갔다. 물론 아름답고 예쁘고 뭐 그런 걸 떠나 카페의 모든 남자가 다 쳐다보고 있을 정도긴 했지만, 그 여자는 뭔가 이상하게 슬픈 눈을 하고 있었고 무슨 사연이 있어 보였다. 그래서 여자 친구에게 물어보았다.

"자기야, 저 여자 잘 알아?"

"으이그! 왜, 왜? 자꾸 눈길이 막 가지? 어? 어?"

"아~ 장난하지 말고……."

"음…… 네일 숍 단골이 되고부터인 거 같아. 한 2년 정도 된 것 같네? 서로 인사만 나누고 간단한 이야기만 나누지, 깊게 이야기를 나누거나 그런 적은 없어. 원래 예쁜 여자의 적은 예쁜 여자라고 하잖니? 너도 복 받은 거야 이것아! 그런데 진짜 예쁘긴 하지? 여자가 봐도 참 예쁘다니까……."

"어. 그런데 저 여자, 이상하게 눈이 참 슬퍼 보이네."

"맞아. 옛날에는 안 그랬는데 요새는 그래 보이긴 했어."

"그래?"

그냥 요즘 안 좋은 일이 있나 보다 생각했다. 그렇게 중간에 이런저런 일이 있었고 난 자매 사장들의 제의로 네일 숍에서 일일 알바를 하게 되었다. 솔직히 내 얼굴은 정말 흔하디흔한 얼굴이지만 남자치고 손은 정말 예뻤기 때문이었다. 어느 날, 난 큐티클을 제거하고 손에 영양을 주는 무언가를 바르고 가게 유리창에서 가장 잘 보이는 자리에 앉아 모델로서 손을 내밀고 자매 사장님과 이야기를 하고 있었다.

그때 두 달 전 처음 보았던 그 여자가 모자를 쓰고 마스크를 한 채 가게에 들어왔다. 그런데 뭔가 이상했다. 자세히 보니 눈 주위에 멍 자국 등 꼭 누군가에게 맞은 것만 같은 얼굴이었다. 민주 누나가 놀란 듯 물어보았다.

"윤아 씨, 얼굴이 왜 그래? 누구한테 맞았어? 어?"

"그냥 어디에 부딪혀서 그런 거야."

그녀의 이름은 윤아였다. 윤아 씨는 그렇게 웃어넘겼지만 그건 어디 부딪혀 생기는 그런 상처들은 절대 아니었다.

"언니, 오늘은 이걸로 해주세요."

"와. 이거 C사 거네? 이거 우리나라에는 없는 제품 같은데?"

"네. 이탈리아 갔다가 사 온 거예요. 흔히 볼 수 있는 빨간색인데 뭔가 빨려들어 갈 것 같아서요."

그렇게 대화를 하며 손질을 마친 그녀가 나가는 모습을 보았다. 여전히 아름다웠다. 그날은 빨간색 매니큐어를 발랐는데 피부도 하얀데다 손도 길쭉길쭉해서 그 누구보다도 더 빨간색이 잘 어울렸던 걸로 기억한다. 그런데 그 이후로 그 윤아 씨를 단 한 번도 보지 못했다.

시간이 지나 자매 사장님과 아주 친해졌을 무렵, 여느 때와 다름없이 금요일 저녁 일일 알바를 하고 있는데 손님들이 작은 소리로 이상한 얘기를 하고 있었다. 가게 제일 안쪽에 있는 자리 혹은 그 옆자리에 앉으면 뭔가 앉아있는 두 다리 허벅지를 꼭 누르는 느낌이 든다고 했다. 누군가가 눌러 본인 위에 앉는 그런 느낌? 그리고 다른 자리에서 네일을 받고 있으면 그 자리에 사람이 없는데도 불구하고 꼭 거기서 쳐다보는 기분이 든다고 말이다. 사실 나도 내심 말은 안 했지만, 그 자리에서 나를 쳐다보고 있는 시선을 느낀 적이 있었다. 별거 아니겠지, 하고 2주 정도가 지났을 무렵이었다.

　단골손님들이 있었는데 가게 맨 구석에 있는 자리 혹은 그 옆자리에 앉으면 갑자기 빨간색 매니큐어를 찾게 되는 일이 있다고 했다. 그리고 며칠 뒤에는 목공업을 하던 여성분이 빨간색 매니큐어를 바르고 간 후 손가락 하나의 반 정도가 절단되는 등 사고가 연달아 일어나곤 했다. 시간이 지나 자매 사장님과 술자리를 가졌는데 동생 사장님이 좀 이상했다. 휴대폰으로 검색을 하길래 뭔가 싶어서 옆에서 보니 그 C사 빨간 매니큐어를 구매하려고 눈에 혈안이 된 상태였다. 그러더니 갑자기 자리를 박차고 일어나며 이유는 말하지 않고 자기는 먼저 가야겠다며 가버렸다. 그렇게 자매 중 동생이 떠난 뒤, 민주 누나가 말했다. 요즘 동생이 가게에 잘 나오질 않는다면서, 집에서 빨간색 매니큐어를 바르고 중얼거리더란다.

"이게 아니야. 이게 아니야. 하나도 안 예뻐……."

매니큐어를 바른 상태에서 또 바르고 그 위에 겹쳐 바르기를 정신 나간 사람처럼 반복하더라는 것이다. 평소에는 가게에서 온종일 손님 손을 만지는 일을 하니 퇴근 후에는 연습 같은 것도 하지 않는데 말이다. 그리고 2개월 후 가게가 쉬는 날이 많아지더니 여자 친구가 말하기를 갑자기 문을 닫았다고 했다. 그리고 3년 후, 우연히 민주 누나를 만나게 된 것이다.

오랜만에 만난 민주 누나에게 그 사연을 들을 수 있었다. 그때 술자리를 가지고 난 후 동생이 그 매니큐어에 집착했고, 그 매니큐어를 바른 손님들 역시 자꾸 안 좋은 일을 당하게 되어 불길한 마음에 무당을 찾아갔다고 했다. 그렇게 문을 열고 들어서는 순간 어디서 이상한 물건을 가지고 사방팔방 뛰어다니냐며 윽박지르더란다.

"빨리 찾아서 버려!"

"무엇을 버리라는 거예요?"

"그 물건을 내가 안 봐서 뭔지는 잘 모르겠지만 그걸 계속 가

242

지고 있으면 네 동생년 조만간 그년한테 먹힐 거야! 어디서 재수 없는 물건을 손에 꽉 쥐고 있는 거냐?"

곰곰이 생각해보니 아무래도 그 매니큐어인 것 같아 곧장 가게에 가서 그 매니큐어를 찾았는데 아무리 찾아도 찾을 수 없었다고 한다. 당시 민주 누나는 동생과 사이가 좋지 않아 물어보지는 못했고, 가게 CCTV를 확인해보았는데 어떤 이상한 남자가 가게에 들어와 무언가를 뒤적거리며 찾더니 그 매니큐어를 가지고 급하게 나갔다고 했다.

CCTV 속 남자는 윤아 씨의 남자 친구였다. 경찰서에 신고하고 그 남자를 찾아서 집으로 갔는데 도무지 사람의 몰골이 아니었다고 한다. 피죽도 못 얻어먹은 것처럼 말라비틀어진 그 얼굴. 민주 누나가 왜 그랬냐고 추궁하며 물어보니 그 남자가 이렇게 말했다고 했다.

"윤아가 죽었어. 그년이 자꾸 꿈속에서 '내 손 돌려놔' '내 매니큐어를 가져와'라고 하면서 머리맡에서 계속 떠들어대는 거야."

알고 보니 윤아 씨는 손에만 집착하던 남자 친구에게 지쳐가고 있었고, 자기 자신이 아닌 손만 바라보고 있는 그 남자의 광기 어린 눈에 본연의 자기는 사랑받지 못한다고 생각해 슬픔을 느끼고 있었다고 했다. 그래서 네일 숍에 가지 않고 자신을 가꾸지도 않으면서 남자 친구가 그 손에 대한 집착증을 버리고 순수하게 자신을 예뻐해주고 사랑해줬으면 하고 기다렸던 거였다.

하지만 남자 친구는 바람을 피웠고, 서로 싸우는 와중에 윤아 씨가 잡은 현관문을 남자 친구가 억지로 강하게 닫아서 손이 거의 다 부러져, 떨어져 나갈 정도였다고 한다. 남자 친구가 이별을 고하자 윤아 씨는 안 된다며 잡았고 그렇게 그 남자의 폭언과 폭행으로 하루하루를 살았던 것이다.

끝내 윤아 씨는 좋지 않은 선택을 했다고 한다. 민주 누나는 그렇게 매니큐어를 다시 찾아왔고, 그 매니큐어를 찾아옴과 동시에 동생이 다시 광기를 띠고 이상해졌다. 그래서 어쩔 수 없이 가게 문을 닫았고 현재 동생은 가족의 동의하에 정신병원에 들어갔다. 그리고 매니큐어는 찾아온 동시에 사라졌다는데 아무리 찾아도 찾을 수 없었다고 한다.

누나는 커피를 몇 모금 더 마시더니 말했다.

"그런데 준수야. 너 아까 내가 동생의 행동과 매니큐어 얘기를 처음 꺼냈을 때, 마치 알고 있다는 표정으로 고개를 끄덕이던데 너 알고 있었니?"

"아니? 그냥 이야기 듣는데 그럴 것 같아서 고개를 끄덕인 것 뿐이야."

나는 그냥 얼버무리고 말을 끝냈다. 민주 누나는 싱겁다고 말하곤 웃으면서 말을 이어갔다.

그 이후는 이렇다.

가게를 새로 하려고 했지만 동생도 그렇고, 트라우마 때문에 지금은 다른 일을 하고 있다고 한다. 그리고 그때 사고를 당했던 사람들의 공통점은 다들 손이 하나같이 예뻤다는 것이다.

사실 난 알고 있었다. 잊을래야 잊을 수가 없었기 때문이었다. 3년 전 여자 친구는 돌아온 싱글이었고, 여자 친구에 대한 상세한 건 말할 수 없지만, 아이를 빨리 가져서 그 아이가 방학을 맞아 한국으로 들어와 시간을 보내고 돌아간 바로 다음 날이었으니까. 그날 여자 친구가 차려준 맛있는 저녁을 먹고 여자 친구는 본인이 할 일을 하고, 나는 저녁을 맛있게 차려준 보답으로 설거지를 했다. 그렇게 설거지를 다 하고 음식물 쓰레기를 버려야 할 것 같아서 여자 친구에게 열쇠를 받으려고 뒤에서 말했다.

"예은아, 음식물 쓰레기 버리고 오게 열쇠 좀 줄래?"

여자 친구는 아무런 대답이 없었고 나는 그녀를 부르며 고무장갑을 벗었다. 그런데 몇 번을 불러도 대답을 안 하는 것이었다. 두세 번째는 꼭 대답하는 사람인데 아무리 불러도 대답이 없어 뭔가 이상하다 싶어서 여자 친구가 있는 쪽으로 다가갔다. 다시 한번 '누나' 하고 부르면서 다가가는데 뭔가 좀 이상했다. 혼자 자꾸 뭐라고 중얼거리며 무언가를 하고 있는데 도대체 뭘 하나 싶어서 뒤에 가서 조용히 봐야겠다고 생각하고 다가갔다. 그녀가 하고 있던 말과 행동은 이러했다.

"이건 아니야……. 잘못 발랐어. 마음에 안 들어……."

그 말을 반복하며 계속 매니큐어를 덧바르고 또 그 위에 덧바르는 행동을 반복하고 있었다. 광기 어린 눈으로 말이다. 정말 소름이 돋아서 그날 말도 안 하고 옷을 챙겨 여자 친구 집을 나왔다. 그리고 정확한 건 아니지만 그때 사장 자매들과 술자리를 가졌던 날, 같이 가려고 여자 친구와 가게 문을 닫는 걸 같이 기다리며 지켜보고 있었는데 그 가게가 불을 끌 때면 열 번 이상을 깜빡이면서 꺼졌다. 나는 그때 보고 말았다.

불이 수십 번 깜빡이며 꺼지는 그 순간 그 자리에 앉아있던 어느 한 여자를 말이다.

그 후 가게를 운영하던 민주 누나는 다른 일을 시작했고, 동생은 아직도 병원에서 이유 모를 말과 행동을 반복하고 있다고 했다. 누나는 1년 전 어떤 한 남성을 만나 결혼을 했고, 동생을 도와주지 못하는 본인을 스스로 탓하며 동생을 바라만 보고 있었다. 어쩌다 한 번 누나 부부와 만나 밥을 먹고 커피를 마시지만, 옆에서 바라보는 나도 마음이 좋지 않았다.

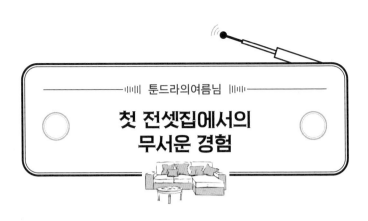

첫 전셋집에서의 무서운 경험

2006년, 결혼 3년 차인 우리 부부는 직장 내 여건 악화로 퇴사했다. 어려워진 경제 사정 때문에 정들었던 신혼집을 팔고 김포에 전셋집을 알아보게 되었다.

지금이야 한강 신도시가 눈부시게 발전해서 집값이 오를 대로 올랐지만, 그때만 해도 나름 저렴하게 집을 구할 수 있었다. 전세 계약도 처음이라 어색하고 혹시 덤터기를 쓰는 건 아닌지 걱정도 많았는데 다행히 집주인이 성품이 매우 온화하신 분인데다 합리적으로 양보도 잘해주셔서 시세보다 더 싼 가격으로 계약하게 되었다. 집주인은 50대 후반의 아주머니였는데 남편

248

을 여의고 자녀들도 일찍 출가시켜 혼자서 지내던 분이었다. 사업을 하며 다른 지역에도 집을 보유할 정도로 부자라 여유도 있어 보였지만 왠지 온화한 모습 뒤에 무기력해 보이기도 하고 나중에 생각해보니 뭔가에 시달린 게 분명한 모습이었다.

나도 나중에는 그 표정이 되긴 했지만…….

첫 전세에 새로운 지역으로 이사하고 나니 뭔가 힘도 나고 새로운 각오를 다지면서 잘 알고 지내던 형님을 도와 도배와 인테리어 일을 시작했다. 이제는 다시 좋은 일들만 일어나길 바라면서.

그러나 내 바람과는 달리 이 시점부터 서서히 집에서 이상 현상이 발생하기 시작했다.

어느 날 아내와 거실 식탁에서 과일을 먹고 있는데 침실에서 '쨍그랑' 하며 뭔가 넘어져 깨지는 소리가 났다. 깜짝 놀라 확인해보니 협탁 위에 있던 무드 등이 넘어져 깨진 것이다.

그런데 침실 창문은 분명히 닫혀 있어 바람이 불지도 않았고 주변엔 이 등을 넘어뜨릴 만한 것도 없었다.

스스로 넘어지는 것이 가능할까?

뭔가 이상했지만, 그날은 그렇게 깨진 등을 치우고 새로 예쁜 등을 구해 놓았다.

일주일이 지났을까? 고된 일을 마치고 다음 날 새벽부터 일이 있어 초저녁부터 잠을 청했다. 중간에 뭔가 불편하고 압박을 받는 느낌이 들어 살짝 눈을 뜨게 되었는데 검은 반투명 그림자 형체가 내가 누워있는 눈높이에 맞춰 자세를 취하며, 마치 어머니가 아이를 재우듯 한쪽 팔을 내 왼쪽 팔 위에 두고 있었다. 반투명했기 때문에 살짝 열려있는 침실문 너머가 보이며 주방에서 아내가 뭔가 분주히 주방 일을 하는 것이 희미하게 느껴졌다. 아내에게 말을 걸어보려 했지만 입이 열리지 않았다. 몸도 그림자 형체의 팔과 같은 것으로 눌려 움직여지지 않았다.

이것이 말로만 듣던 가위 눌림인가? 난생처음이라 너무 당황스러웠다. 그런데 이 검은 사람 그림자 형체의 머리 부위가 내 눈을 마주치며 이리저리 형체를 흔들고 장난치듯 움직였다.

약간 무섭기도 했지만 조금 지나니 화가 나기 시작했다. 말을 내뱉고 싶었지만 나오지 않았고, 머릿속에서만 머물렀다.

'너 깨어나면 죽는다. 너 뭔데 나한테 이러는 거야! 저리 안 꺼져? 아악! 말을 해야 해. 말을!!'

거의 절규하듯 속으로만 외칠 수밖에 없었다. 그러다가 육두문자를 날리는 순간 가위 눌림이 풀리며 입 밖으로 큰 소리가 나왔다. 일단 말이 나오니 몸도 움직여져 바로 그 형체가 있는 곳을 보았는데 이 검은 그림자는 순식간에 일어서듯 날아가 천장으로 사라져버리는 것이 아닌가?

놀란 아내가 뛰어들어 오며 왜 그러는지 물었고, 나는 자초지종을 말했다. 하지만 아내는 내가 꿈을 꾼 것이라며 오히려 잠꼬대로 자기에게 욕을 했다고 한 소리 하고는 다시 주방으로 향한다.

절대 꿈이 아니었다. 눈을 부릅뜨고 있었고, 정신은 생생했으니까.

얼마의 시간이 흘렀을까. 그날도 새벽 5시에 나가야 했기에 일찍 일어나 씻기 위해 욕실로 향했다. 세수하다 얼굴을 들어 거울을 바라보았는데 뒤편에 열린 욕실 문 사이로 지나가는 아내의 모습이 보였다. 새벽에 출근하는 나에게 아침을 챙겨주기 위해 주방으로 향하는 아내에게 늘 고마웠다. 수건으로 젖은 얼굴을 닦으며 아내에게 애교 섞인 말투로 말했다.

"자기야, 피곤한데 뭐 이리 일찍 일어났어~?"

그런데 대답이 없다. 못 들은 건가 싶어 욕실 문을 나서며 다시 물었다.

"자기야, 나 다 씻었어용."

없다.

분명 주방에 있어야 할 아내가 없다.

침실에서 아내의 목소리가 들린다.

"뭐야. 자기 벌써 나가? 미안해. 오늘은 피곤해서 시간 맞춰 못 일어났네."

아내는 지금 막 일어난 것이었다. 그럼 내가 아까 본 건 뭐지? 아내는 평소 잠옷으로 흰 목욕 가운을 걸친다. 머리카락도 길다. 내가 본 모습은 딱 그 차림이었다. 도대체 뭐지?

오싹했지만 이때는 내가 헛것을 본 것이라 생각해서 지나갔다.

그러나 헛걸 본 게 아니라는 걸 확인하기까지 그리 오래 걸리지 않았다.

이틀 뒤, 새벽 3시쯤 일어나 씻고 잠깐 거울을 보았는데 아내의 모습을 한 하얀 몸체, 그리고 긴 생머리의 존재가 또 지나가는 것이다. 너무 깜짝 놀라서 뒤를 돌아 주방 쪽으로 가 확인해봤지만 그 존재는 없었다. 아내에게 상황을 말했는데 날 이상한 사람으로 여겼다. 섭섭했다.

그런데 그 일은 한두 번이 아니었다. 새벽 일찍 세면대 앞의 거울을 볼 때면 그 존재가 지나는 것을 여러 번 목격했는데 한 번은 완전히 지나가지 않고 문틀에서 반쯤 형태가 보이며, 멈춰 서 있기도 했다. 온몸이 덜덜 떨렸지만, 용기 내서 뒤를 재빠르게 바라보면 완전히 사라지고 없었다. 그 후로는 욕실 거울을 보는 게 무서워 세숫대야를 장만해 욕조 안에 들어가 씻기도 했다.

그리고 이상한 현상은 아내에게도 서서히 일어나기 시작했다.

모처럼 일이 없는 날 대낮에 아내와 함께 침실에서 낮잠을 청하고 있었다. 그런데 주방 쪽에서 요란하게 설거지하는 소리가 들렸다. 덜그럭거리며 숟가락인지 뭔지 모를 도구가 바닥에 떨어지는 소리도 들린다. 아내와 나 외엔 아무도 없는 집에서 말이다. 우리는 화들짝 놀라 일어났는데 그와 동시에 닫혀 있던 침실문이 '끼익' 하고 열렸다. 바로 달려가 문을 활짝 열고 주방 쪽을 바라보자 소리는 뚝 끊겼고, 아무도 없었다. 다른 집에서 설거지하는 소리도 아니었다. 그랬다면 소리의 크기와 종류도 달랐을 것이고 내가 주방을 확인하는 그 타이밍에 멈추지도 않았을 것이다. 꿈결에 잘못 들었다기에는 나와 아내가 같이 들은 소리였다.

며칠 후 비가 심하게 내리던 날, 아내와 함께 컴퓨터로 영화를 감상하고 있었는데 또 설거지 소리가 들렸다. 이번엔 뛰쳐나가지 않고 어느 정도 소리의 소재를 파악하고자 애써 침착함을 유지하고 있었다. 비로 인해 어두워진 집 안 분위기에 정체를 알 수 없는 덜그럭거리는 소리, '쏴아' 물 내리는 소리…….
분명히 주방에서 나는 소리였다. 살금살금 방을 나와 주방을 바라보았는데 아무도 없었다. 물론 설거지 소리도 멈췄다. 아주 미칠 지경이었다.

바로 아내와 집을 빠져나와 근처 카페로 갔다. 지난날 아내가 무시했던 사실까지 다시 꺼내 놓으며 진지하게 얘기를 나누게 되었다. 아무래도 집에 뭔가가 있는 것 같다는 결론을 내렸고, 다음날 집 안을 샅샅이 뒤지기 시작했다. 벽 어딘가에 비밀스러운 공간이 있는 건 아닌지, 화를 일으킬 물건은 없는지, 종일 뒤져보았지만 당시엔 의심스러운 그 어떤 것도 나오지 않았다.

그 뒤로도 설거지 소리는 일주일에 한 번 이상 생생히 들렸고, 가위 눌림 역시 여러 번 겪게 되며 집이 무서워지기 시작했다. 결국 집주인에게 연락을 시도했지만 연락처를 바꾸었는지 연결되지 않았다. 일단 계약했던 부동산 사장님께 부탁하고 어떻게든 계약 만료 때까지 버텨보자 했다.

하루는 더 경악스럽고 공포스러운 상황이 발생했다.
지금 생각해도 너무 살 떨리고 소름이 돋는다. 새벽 2시에 일어나 멀리 지방으로 작업을 나가야 할 상황이었다. 세면대 거울에서 보이는 존재를 보기 싫어서 그날도 욕조에서 세안을 마치고 나왔는데, 거실 바닥에 자욱하게 연기가 피어 모여있었다. 아니 정확히 말하자면 안개였다.

"어? 이게 무슨……? 집 안에 무슨 안개가 있어?"

거실 끝 벽면에는 'ㄱ'자 형태의 소파가 있었는데 세로로 되어 있는 시트 끝에 긴 생머리의 여인이 앉아 있었다. 시트의 위치상 여자의 머리와 어깨 부분 뒷모습만 보였는데 욕실 거울에서 봤던 그 여자였다. 무심히 보면 아내의 뒷모습으로 착각할 수 있지만 분명 그 여자다. 심장이 멎는 느낌은 아직도 생생하다. 정신 차리고 조심조심 걸어서 침실에 있는 아내를 깨워 조용히 시킨 뒤 함께 거실로 나왔다. 안개 낀 거실 바닥과 소파에 앉은 여자를 가리켰더니 내 손끝을 바라본 아내는 심하게 비명을 지르며 혼절했다.

그때 소파에 앉은 여자가 우리 쪽으로 살짝 머리를 돌렸다. 눈이 마주치면 위험하겠다 싶어 어두운 거실 등을 전부 밝혔더니 여자의 모습은 온데간데없이 사라졌다. 다만 안개는 조금 남아서 서서히 사그라지는 중이었다. 아내를 간신히 깨워 진정시켰지만 거의 울부짖는 모습이다. 그런 아내 혼자 집에 두고 일을 하러 갈 수 없어서 일단 함께 나와 사장에게 양해를 구하고 처갓집에 데려다주었다. 장인, 장모님은 그 시간에 찾아온 우리를 보고 깜짝 놀라셨다.

"아니, 이게 무슨 일이래? 오늘은 또 무슨 일을 겪었기에 이 시간에 여길 온 거야?"

사실 두 분께는 집에서의 괴기한 현상을 말씀드렸고, 노심초사하고 계시던 차였다.

이제는 일을 가서도 경악할 일이 생겼다. 내가 작업한 곳은 3층이었는데 높게 설치된 파티션 주변 벽 경계까지 도배 작업을 하고 있었다. 도배 작업은 통상 물에 젖은 목장갑을 착용하는데 높은 파티션 안쪽으로, 그러니까 홀이 뚫린 지점에서 파티션 위로 젖은 목장갑을 착용한 손이 나란히 위로 올라오며 벽을 훑는 것이다. 마치 도배지를 붙이고 정리하는 손길처럼……. 처음엔 너무 바빠 그 손이 올라오는 걸 대수롭지 않게 생각했다. 그쪽 면도 도배하는 것으로 착각했는데 두 번째로 그 두 손이 파티션 위로 올라와 벽을 훑는 걸 보고 나는 그 자리에서 얼어붙어 버렸다. 그 손은 나만 본 것이 아니라 후배 녀석도 함께 보았다.

"으악. 저게 뭐야. 저게 왜 저기서 올라와?"

후배는 잽싸게 발판을 높게 조정하고 파티션 뒤쪽 홀을 바라보았지만 아무것도 없었다. 둘 다 사색이 되어 우리가 본 게 도대체 뭔지 몰라 한동안 일이 손에 잡히지 않았다. 일을 마치고 돌아오는 길에 내 몸 위로 바윗돌을 올려놓은 것 같은 심정을 느꼈다. 도대체 내가 무슨 집에서 사는 건지, 그 집에는 어떤 사연이 있는 건지 미칠 만큼 궁금했다.

처갓집에 도착해 장인, 장모님, 아내와 함께 오늘 일터에서 그리고 집에서 일어나는 일련의 기이하고 공포스러운 사건에 대해 이야기했다.

"굿을 해보는 건 어떨까?"

장모님의 말씀에 아내와 나는 결사반대했다. 그런 영역에 대해서는 둘 다 굉장한 괴리감을 두고 있던 차였다.

"일단 집주인을 만나서 어찌 된 일인지 이야기 들어보고 결정해도 늦지 않습니다."

아내와 마음을 굳게 먹고 집으로 돌아왔다.

평소에 아늑하고 안전해보였던 공간이 이젠 어색함을 넘어 귀신의 집처럼 보였다.

한동안은 잠잠했다. 거실의 자욱한 안개를 한 차례 더 목격했지만 다행히 소파에 그 여자는 없었고, 아내에게는 말하지 않았다. 그러다 며칠 후 부동산 사장님으로부터 연락이 왔다. 집을 다른 사람에게 매매하기로 해서 전세 계약과의 차질은 없을 거라는 얘기와 원래 집주인이 계약 때 직접 찾아오시면 내게 연락하겠다고 말한 것이 전부였다. 그날부터 언제 매매계약을 하러 오시는지, 부동산 사장님을 닦달했다.

드디어 부동산으로부터 연락이 왔고, 약속 시간에 맞춰 부동산에 도착해 집주인 아주머니를 만났다. 처음 뵈었을 때와는 달리 건강해 보였다. 그런데 내 얼굴을 보고 마치 그동안의 일을 꿰뚫어 보기라도 하듯 말씀하셨다.

"먼저 계약 마치고 저와 얘기하시지요. 단, 저 계약자분께는 얘기하지 말아 주세요. 절대로요."

계약을 마치고 집주인을 만나 그동안의 일을 이야기했다. 눈을 지그시 감고 차분히 들으시던 아주머니는 내가 말을 마치자 눈을 뜨더니 한숨을 한 번 쉬셨다.

"저도 똑같은 일을 겪었습니다."

그리고 뒤이어 나온 이야기들, 특히 거실에 안개가 끼고 여자 귀신이 출몰하는 점에서는 완전히 일치했다. 다만 여자 귀신의 모습에서는 차이가 있었다. 내가 본 건 아내의 취침 시 차림이었고, 그분은 자기 딸의 모습이었다는 것이다. 혼자서 더는 버티지 못하시고 매매를 하려 했지만 1년 이상 팔리지 않아 일단 전세를 놓게 되었고, 그 전세 계약자가 내가 된 것이었다.

그렇게 이야기를 마치고 집으로 돌아왔고 새로운 집주인과도 통화하게 되었는데 새 주인은 주거 목적으로 매입한 것이기에 나의 계약 기간이 빨리 끝나기를 고대한다고 했다. 사실 이때 고민이 많이 되었다. 새로운 주인은 무슨 죄가 있나 싶어 그간의 일을 말해야 할지……. 하지만 이전 집주인의 당부도 있었고 이런 말을 믿어 줄지도 모를 일이었다. 무엇보다 하루빨리 이 집에서 나가야 한다는 생각이 컸던 것 같다. 오히려 이때다 싶어 금방 나갈 수 있다고 말씀드렸고, 계약 기간을 다 채우지 않고 이사하기로 했다.

그렇게 이사 후 지금까지 괴기한 현상 없이 잘 지내오고 있다. 다만 일하며 알고 지내던 다른 인테리어 형님께서 이런 이야기를 전해주었다.

"그 집…… 전에 네가 살던 집 맞지? 거기 뭐냐? 내가 그 집 도배 의뢰받아서 갔는데 기존 벽지 다 뜯어냈더니 무슨 부적이 방마다 붙어있냐? 특히 문지방 위에 붙은 건 문양도 요상한게 잔뜩 붙어있더라. 심지어 바닥재 아래는 지름 1m 정도 원형으로 붙어있었다니까. 와, 소름 끼쳐서 진짜. 혹시 여기 귀신 나오는 집이냐?"

이전 집주인이 붙여 놓은 것이 분명했다. 이 부적 때문에 그 이상한 현상이 발생한 것인지 아니면 더 할 수도 있었던 현상을 막을 수 있었던 것인지 알 수는 없다. 적어도 이 부적과 관계된 것만은 분명했다.

아직도 아내와 그날의 경험을 얘기할 때면 온몸에 몸살 기운이 도는 싸늘함을 느낀다. 그 후로 나는 이사를 가게 될 경우 집에 이상한 점은 없는지 묻고, 벽지와 장판은 전부 뜯어내어 재정비하는 버릇이 생겼다. 다시는 그런 경험은 하고 싶지 않으니까.